行き遅れ令嬢の事件簿④

公爵さま、前代未聞です

リン・メッシーナ　箸本すみれ 訳

A Nefarious Engagement

by Lynn Messina

コージーブックス

A Nefarious Engagement
by
Lynn Messina

公爵さま、前代未聞です

主要登場人物

ベアトリス・ハイドクレア……………………両親を亡くし、叔父の家に居候中
ダミアン・マトロック……………………ケスグレイブ公爵。ベアトリスの婚約者
ヴェラ……………………ベアトリスの叔母
ホーレス……………………ベアトリスの叔父
ラッセル……………………ベアトリスの従弟。ヴェラの息子
フローラ……………………ベアトリスの従妹。ヴェラの娘
リチャード・ハイドクレア……………………ベアトリアスの亡き父
クララ・ハイドクレア……………………ベアトリアスの亡き母
ウェム伯爵……………………リチャードの幼馴染みで親友
レディ・アバクロンビー……………………伯爵未亡人。社交界の中心的存在
ヌニートン子爵……………………公爵の友人
ケイティ・パーマー……………………ヌニートン子爵の姉
ブラックスフィールド卿……………………ヌニートン子爵の叔父
ジェフリーズ……………………二十年前のギルドの創設者
バークス……………………二十年前のギルドの幹部
ソープ……………………二十年前のギルドの幹部

1

最高位の爵位を持つ紳士の愛情を手に入れたのだから、華やかなパーティで騒ぎを起こしても問題ないだろう——たとえ一瞬でも、ベアトリス・ハイドクレアがそんなふうに思ったとしたら、それはとんでもない間違いだった。ヴェラ叔母さんは薄い唇の口角を無理やり上げてはいたものの、姪っ子のやらかした事態に、はらわたが煮えくり返るような思いでいた。

ベアトリスのすぐそばに立ち、小声で叱責した。

「あれほど社交界の掟《おきて》について教えておいたのに。今回の件は、前代未聞のマナー違反としか言いようがありません」

なにしろベアトリスときたら、紳士をテラスまで追いかけていき、ひと悶着《もんちゃく》起こしたあげく、ドレスをぼろぼろにして戻ってきたのだから。それでも叔母さんは腹を立てていることを周囲に気づかれないよう、不自然な笑みを浮かべていた。ラークウェル家の華やかな舞踏会で、ハイドクレア家の一族がみっともなくもめているのを見られて得をすることは一つもない。

どうしてベアトリスは、わたしたち家族をこんなひどい目に遭わせるのだろう。しかも今回が初めてではない。つい半年ほど前には、湖水地方のハウスパーティで参加者たちを一堂に集め、招待客の頭が叩き割られた事件の真相を得意げに暴いた。しかも犯人の正体は……。ああ、だめ。名前を口にするのもおぞましい。とにかくそういうことは、何かの演《だ》し物のように、華々しく暴露すべきことではなくて、人目のない場所でこっそり……いいえ、そもそもやらないほうがいい。だってそんな非常識なことを、ハウスパーティでやっていいわけがないもの。

そう、何をするにも時と場合を考えるべきなのに、ベアトリスときたら、そうした柔軟性をまったく持ち合わせていない。もう少し世の中をわかっていると思っていたのに。

とはいえ、ヴェラ叔母さんもさすがに、姪っ子の行動を制限するのはそろそろ難しくなってきていると感じていた。物静かで従順な娘だったベアトリスは、あのハウスパーティをきっかけに別人のようになり、他人からの忠告にはいっさい耳を貸さなくなっていた。だが実際は、長く忍従を強いられてきた彼女は、ようやく自分の潜在能力に気づき、自立への道を歩みだしていただけなのだ。けれども叔母さんの目には、恐ろしい出来事が立て続けに起きたせいで、姪っ子は精神崩壊の危機に陥っていると映っていた。わずか半年の間に、深夜の図書室で死体に出くわしたり、庭園のはずれの廃屋に閉じ込められたり。それに加え、最愛の人だった法律事務所の職員デイヴィス氏が、馬車の事故で非業の死を遂げたのだから。

つまり叔母さんは、姪っ子の言動が変わった理由について、完璧に思い違いをしていた。いっぽうベアトリスのほうは、叔母さんがどう考えているか手に取るようにわかっていた。だから今は、きちんと後悔していると思わせておいたほうがいい。〝大胆な罪〟を犯した自分が情けなくてたまらない――そうした様子を見せることが、叔母さんのためにできるせめてものことだから。

けれども、反省の色を見せようとしても思うようにいかない。とにかくうれしくて、どんなに抑えようとしてもついつい笑みがこぼれてしまう。

ケスグレイブ公爵ダミアン・マトロックが、彼女の夫になることをあっさり承諾したのだもの。あのケスグレイブ公爵が！　このイギリスの結婚市場で、長い間トップの座に君臨する紳士が！　地位も富も外見もすべて超一流の彼が、ごく平凡な外見で、社交辞令一つ言えないベアトリス・ハイドクレアを心から愛していると言ったのだ。

まさか二十年の冴えない日々のあとに、こんな奇跡が起きるなんて。

ただ公爵から愛を告白された今となっては、自分の愚かさにあきれてもいた。数週間もの間、公爵のような高貴な紳士に心を奪われるなんて、と部屋にひきこもって自分を責め続けていたとは。彼女と一緒にいると訳のわからない衝動にかられる――公爵が以前戸惑い気味にもらした言葉を反すうし、それこそが恋愛感情だと、彼が認めてくれないかと願いながら。

だが彼女が悶々としているそのときすでに、公爵は自分の本当の気持ちに気づいていて、それを伝えようとあらゆる手を尽くしていたのだ。

あっ、だけど、〝あらゆる手〟とは言えない。手紙を何通も送ったし、早朝に何度も訪ねていったと恨めしそうに話してはいたが、もしポートマン・スクエアの壁をのぼって彼女の部屋の窓をコツンと叩いてくれたら、おかしな行き違いはとっくに解決していただろう。ここラークウェル家のテラスで、トーントン卿に殺されそうになったあの瞬間ではなく。運よく松明《たいまつ》に手が届き、命拾いしたからよかったものの、あと少し遅かったら、公爵の愛の告白を聞かないまま死んでいたかもしれない。

ベアトリスはその場面を思い浮かべ、いけないとは思いながらも笑みを浮かべた。気絶して横たわるトーントン卿、彼の胸の上に座る彼女、その彼女の肩をつかんで愛を告白するケスグレイブ公爵。今となっては、本当にあったこととはとても思えない。

トーントン卿が目覚めたのにもかまわずやさしくキスをしてくれたこと、彼女のプロポーズ（どちらかといえば勝手に宣言したのだが）を受け入れてくれたことはもちろん、〝ヘラクレスの十二の試練〟を例に出し、ユーモアを交えて上手に返してくれたこともうれしかった。公爵に初めて魅力を感じたのは、彼にユーモアのセンスがあると気づいたときだ。彼は尊大でもったいぶっているわりには、自分自身を笑いものにするおおらかさもあった。立派な地位と家柄がありながら、周囲と同じ高さに目線があり、自身を含め、あらゆるものがはっきり見えていた。

ただそれでも、公爵夫人となる妻を選ぶ際には、さすがに自分ひとりの考えでは決断できないだろうと、ベアトリスは思っていた。マトロック家の代々の当主たちと同様、何事にも完璧さが求められ、その期待に応えなければいけない。それゆえ、美貌と気品を併せ持つ女性を妻に迎え、非の打ちどころのない子どもたちをもうける使命がある。屋敷の重厚な廊下に飾られた一族の肖像画に加えても、遜色《そんしょく》のないような。それだけではない。最高級のダイヤモンドのような妻と結婚することで、平穏な家庭が築けるだけでなく、広大な領地と、文句のつけようのない血筋が保証される。

公爵家を背負う彼にとって、結婚は一つの取引なのだ。ベアトリスはそうした考え方に嫌悪感を抱いてはいたが、彼が周囲の期待に応える決断をしても責められないと思っていた。結局のところ、彼は第六代ケスグレイブ公爵なのだから。

けれども、まさにそれこそがベアトリスが思い違いをしていた点だった。「ぼくは公爵だよ」と、彼が何度も尊大な笑みを浮かべて繰り返していたというのに。そう、彼はまさに第六代ケスグレイブ公爵であり、自分が納得できない決断は絶対にしない人間だった。

だからこそ彼は、あらゆる選択肢がある中で彼女を選んだ。

ベアトリスはほうとため息をついた。公爵夫人になったとして、自分はそんなふうにぶれずにいられるだろうか。

ありがたいことに、あれこれ考えをめぐらす時間はたっぷりあった。いつものように、ヴェラ叔母さんが延々と話し続けていたからだ。叔母さんは自分の話をさえぎられることは絶対に許さない。今回も、途中何度かホーレス叔父さんが口をはさもうとはしたものの、すぐに引き下がった。叔母さんは遠巻きに見ているゲストたちの目を気にして、笑みだけは口元に張り付けながら、ベアトリスのドレスを見て小声で言った。

「なあに？　そのドレスは」口角は上がっているのに、どんより曇った空のような灰色の目は険しい。「半年前にもぼろぼろにしたばかりじゃないの。ねえベアトリス、なぜそんな恐ろしい目に何度も遭うのかしら。わたしだって、初めてのときはあなたがかわいそうでおろおろしたけれど。ほら、あなたがレイクビュー・ホールの荒れ果てた小屋に閉じ込められたときよ。ドレスはあちこち破れていて、顔は傷だらけで。見てすぐに、あのろくでなしのアンドリューのせいだとわかったわ。あなたを中に押し込んで鍵をかけたと胸を張っていたもの。いくら侯爵家の跡取り息子でも、絶対に許せないと思った。だからホーレスに代わって彼を問い詰めたのよ。そうそう、それとデイヴィスさんの葬儀であなたが暴行を受けたときも、一生懸命傷の手当てをしたわ。そんなところに行ったのは間違いだと思っていてもね。でも今回はもう三度目じゃないの。さすがにどうなのかしら。ここでまた甘い顔を見せたら、あなたがもめごとを起こすのをあおっているような気になるわ」

一気にまくしたてると、叔母さんは一息ついた。ベアトリスは叔父さんをちらりと見た。ほら、ここで口をはさんだらいいんじゃないの。叔母さんの不自然な笑顔とは違い、ホーレス叔父さんは心からうれしそうな笑みを浮かべている。あらあら、もしかして、姪っ子を公爵に押し付けられれば、食い扶持《ぶち》が減らせるとでも思っているのかしら。これまで彼女のために、叔父さんが何かを〝気前よく〟買ってくれたことは一度もない。買わざるを得ない場合も、選択肢があれば、たとえ数シリングでも、必ず安いほうを選ぶ。それなのに自分では、姪っ子のためにずいぶん散財していると考えているらしい。そんなふうにお金や愛情を出し惜しみしながらも、自分たちは寛大な人間だと思えるところは、叔父さんと叔母さんのすごいところだ。

そのホーレス叔父さんは、ベアトリスが視線で自分に合図をしたと気づくのに、一瞬遅れた。そのせいで口を開いたときには、叔母さんがすでに演説を再開していた。

「わたしがあなたと違って、地位の高い方々におおっぴらに苦情を言わないからといって、不正行為をよしとしているわけではありませんよ。たとえばね、魚屋のつけを払わないで済むよう、ランバート夫人が画策していることには本当に心を痛めているの。魚屋だってじゅうぶんな資金がなければ、我が家に欠かせないサバを仕入れることができないでしょう。でもだからといって、みんなの前でそんなけちな行為を暴露したりはしません。だってほら、自分のまずいことがいつ明かされるかとみんながびくびくしながら暮らすようになったら、世の中は回らないじゃないの」

ベアトリスは、〝けちな行為〟と殺人を叔母さんが一緒くたにして考えていることには驚かなかった。叔母さんは、自分が不愉快かどうかによって罪の重さを量っているからだ。だが次の言葉にはびっくりした。

「公爵さまは、あなたが他の殿方ともめごとを起こすような女性だと知って、どれほど心を痛めていらっしゃるか。わたしにはよくわかるの。だって公爵さまは、わたしと考え方がよく似ていらっしゃるから」

あらまあ、叔母さんとよく似た考えの人と結婚するつもりはないけれど。

「つまりね、周囲をかぎまわって誰かの秘密を暴こうとする妻を望む男性はいないということです」叔母さんは真顔で言ったあと、公爵の不幸を嘆くことから、自分の不幸を嘆くことへと移行した。

「あなたが公爵の心を射止めたことはたしかにお手柄よ。でも周りの人たちにとってはどうかしら。愛情のあるなしは別にして、公爵未亡人はやっぱり、レディ・ヴィクトリアとの結婚を望んでいたでしょう。なんといっても彼女は、何世紀もの歴史を持ち、マトロック家の北に隣接する広大な領地を持つ名家の生まれですもの」

叔母さんは続けた。「どうひいき目に見ても、ハイドクレア家は名家とは言えないわ。もちろん家の格は悪くない。というより、サセックスにウェルズデール・ハウスという立派な屋敷も構えているし、なかなかの部類だとは思うわ。だけどね、〝つねに謙虚であれ〟を家訓とし、自分たちの限界を受け入れ、目もくらむような高みなど望まないことを誇りとしてきたの。それなのにあなたったら、公爵に自分を押し付け、そういう奥ゆかしい伝統を破ってしまったんじゃないの」

叔母さんはさらにぶつぶつとつぶやき続けた。自分の婚約が家族たちにとってどんな意味を持つのか、姪っ子はまったく考えなかったのだろうか。おかげでハイドクレア家の暮らしぶりが根底から覆され、周囲からさまざまなことを期待されるようになる。たとえば、最高のシルクを身にまとい、最高の馬に乗り、最高に豪華なパーティを催すとか。

それよりなにより、公爵未亡人をお茶に招待しなければいけないじゃないの！

新たな事実に気づいたことで、叔母さんの顔から、無理やり張り付けていた笑みがとうとう消え失せた。ポートマン・スクエアの居間で、あの誰もが恐れる老婦人が、すりきれたダマスク織りのソファを渋い顔で撫でまわしている姿が目に浮かんだからだ。まずいわ。すっかり色あせたカーテンはもちろん、ソファの張地も新しくする必要がある。絨毯《じゅうたん》の状態もまっさらとは程遠いし。

ヴェラ叔母さんは、居間のみっともない箇所を数え上げながら、そのすべてを取り替えるにはどれだけの費用がかかるかを知って青ざめた。ロンドンのタウンハウスにある家具は、どれも老婦人のお眼鏡にかなうとは思えない。贅沢な暮らしを強いられるとなると、ハイドクレア家の経済状況は悪化の一途をたどるだろう。

叔母さんの横で、ベアトリスは〝公爵夫人〟としての暮らしに思いを馳《は》せていたが、そんな自分がおかしくなり、つい声を上げて笑ってしまった。最初の社交シーズンが始まったばかりの頃、まだ世間知らずで、鼻の上に散らばるそばかすが魅力的だと思いこみ、希望に胸をふくらませていたあの頃でさえ、自分の結婚相手はせいぜいどこかの次男坊か三男坊だろうと考えていたのに。

叔母さんはこの状況の何が楽しいのかさっぱりわからず、ベアトリスをにらみつけた。ホーレス叔父さんのほうは肩をこわばらせている。姪っ子が愉快そうにした理由を勘違いしたらしい。もし彼が余計な出費以上に憤ることがあるとすれば、余計な出費をベアトリスが深刻に考えないことだった。家の改装にかかる費用はざっと数百ポンド。ささいな問題だと考えるのは言語道断だと言いたいのだろう。

ふたりの不機嫌な顔を見て、ベアトリスは我に返った。とにかく今は、叔父さんと叔母さんをなだめなければ。未来の公爵夫人に早速取り入ろうとして、チャンスをうかがっている傍観者たちの手前もある。だが奇妙なことに、ベアトリスの頭の中は真っ白だった。殺人犯に立ち向かい、無残な死を危機一髪で免れたこと、公爵に愛されていると知ったこと、周囲の人たちからは祝福されたが、叔母さんの不興を買ってしまったこと――わずか三十分ほどの間に起きた数々の出来事のせいで、思考力がどうも鈍っているらしい。ただもう、喉が渇いてしかたがなかった。トーントン卿との対決のせいで喉がからからになり、それが叔母さんの愚痴を聞いているうちに、まるで砂漠で何時間も迷子になった旅人のようになっていた。一杯でいいから、ラタフィアを飲みたい。

でも叔母さんから逃げ出せたとしても、興味津々のゲストたちが待ち構えている。それをうまく逃れたとしても、まだケスグレイブ公爵未亡人がいる。彼女とひと言も交わさずに帰るわけにはいかない。以前、彼女からしげしげと見られたときのことを思い出し、公爵の妻として自分が合格するはずはないとわかっていた。

それに、ラッセルとフローラのことも忘れてはいけない。公爵の大ファンであるふたりは、従姉の快挙に大喜びして、帰りの馬車の中で熱烈なお祝いの言葉をかけてくるだろう。うれしいことはうれしいが、自分たちも得をするのではという思惑があるからで……。待って。得をする？　ベアトリスは思わず手を叩きそうになった。叔父さんと叔母さんの機嫌を直す方法を思いついたからだ。

「叔母さま、どうぞフローラのことを考えてあげてください」ベアトリスが小声で言うと、ヴェラ叔母さんはむっとした顔で訊き返した。

「フローラですって？」最愛の娘に何の関係があるのかと不安になったのだろう。

「わたしが公爵さまと結婚すれば、フローラは彼の親戚になるわけですよね。それは彼女にとって有利に働くのではありませんか？　つまり、誰もがうらやむすばらしい結婚相手がフローラにも見つかるのでは」ベアトリスはそう言ったあとで、叔母さんの願いは〝ほどほどにすばらしい〟相手だったと思い出し、あわてて言いなおした。「〝誰もがうらやむ〟というのは、ぴったりの相手が見つかるという意味です。公爵家とのつながりは、彼女にふさわしい地位の求婚者と出会う機会を与えてくれるはずです。フローラはとても思慮深いから、わたしみたいに分不相応の相手と結婚して、叔父さまや叔母さまを困らせることはないでしょう」

ベアトリスは心の中で舌を出していた。たしかにフローラはとてもいい子だが、思慮深いとは言いがたい。けれども、〝親ばか〟の典型である叔母さんはすぐにうなずき、隣で叔父さんも笑みを浮かべている。ふたりは早速、まだ存在もしないフローラの求婚者について話し始めた。

「そうね。きっとその紳士の両親なら、我が家のソファの張地の状態など気にも留めないでしょう。わたしたちと同じで、〝ほどほど〟が大事だとよくわかっているだろうから」

新たな話題に夢中になっているふたりを見て、ベアトリスは胸をなでおろし、今度は集まってきたレディたちをどうやってふりきろうかと考えた。すでに十人以上から声をかけられ、適当にあしらいはしたが、ラタフィアのテーブルにたどりつくまで、さらに十人は声をかけてくるだろう。なるほど、公爵夫人になるというのはこういうことなのだ。

これまで六年間に及ぶ社交シーズンで、誰にも声をかけられず、ひどく惨めだと感じていたが、今考えてみれば、ある意味で気楽だったということか。

公爵はわたしがこういう目に遭うとわかっていたから、舞踏会場に戻ろうとするのをひきとめたのだろう。彼女が振り向く前から、レディたちが大挙して近づいてくるのに気づいていたのだ。あのとき公爵は、さわやかな笑顔でレディたちを舞踏会場に押し戻した。テラスで気絶しているトーントン卿の姿を見せるわけにいかなかったからで、そのあと警察官を呼びにやったはずだが、トーントン卿が逮捕されたという話はまだ聞いていない。それでもしばらくすれば、彼の犯行動機や手段について証言するよう、呼ばれるに違いないと心待ちにしていた。

それにしても喉が渇いたわ。だけどラタフィアを取りに行く途中で、レディたちに囲まれるのはいやだし。

「叔父さま、ラタフィアを取ってきていただけませんか」

ベアトリスが言ったとたん、叔父さんは目を見開き、叔母さんは唇を震わせた。

「おやおや、この子ったら。もう公爵夫人になったつもりでいるのかしら」

叔母さんの嫌みな言い方に、ベアトリスは無理もないと思った。

両親の悲劇的な事故死により、叔父一家の暮らすポートマン・スクエアにやってきた日から二十年、叔父や叔母に何か頼んだことはほとんどない。つねに素直でおとなしくしていなさいと言われてきたからで、それは未知の世界に放り込まれたベアトリスにとって絶対的な言葉であり、もし背いたりしたら、知らない村人の家に奉公に出されて戻ってこられないと固く信じていた。だから今、そんな彼女が自分たちに何かを頼むなんて失礼きわまりないと思ったのだろう。

「いやだわ。わたしったら」ベアトリスはおろおろした様子で言った。「なんて恥知らずなんでしょう。叔母さまがやさしすぎるせいで、調子に乗っていたのかもしれません」

これまでもベアトリスはたびたび皮肉を言うことはあったが、叔母さんがそれに気づくことはなかった。だが今回は、さすがの彼女でもおかしいと思ったらしい。からかわれたのかと警戒して目を細めたが、姪っ子の表情はとても穏やかだ。叔母さんは息を吐いて、肩の力を抜いた。

「そうかもしれないわね。ちょうどわたしも喉が渇いていたの。じゃあ、あなたがラタフィアを取ってきてちょうだい。自分の分と一緒にね」

「喜んで。やっぱりそうやって指示を出していただくほうが、わたしには合っています」ベアトリスは笑いをこらえながら言った。「これからもわたしが暴走しないよう注意してくださいね」

叔母さんはすっかり機嫌をなおして笑顔になり、ホーレス叔父さんも大きくうなずいている。ベアトリスはふきだしそうになり、あわてて背を向けると、飲み物の載ったテーブルへと向かった。けれども案の定、何歩もいかないうちに、ミス・ペットワースが腕を組んできた。傍《はた》から見たら、ふたりは親友かと思うような態度だ。

「ねえ、全部話してくださらない」彼女は楽しげな口調で言った。「恥ずかしがらなくてもよろしいのよ。わたしたちの仲で秘密にするなんておかしいもの」

ベアトリスは彼女のずうずうしさに顎がはずれそうになった。この瞬間まで、一度も言葉を交わしたことはないのに。だがミス・ペットワースはきらきらと瞳を輝かせ、ベアトリスを見つめている。以前は歯牙《しが》にもかけなかった相手をおだて、面白い話を聞き出して周囲に言いふらすつもりだろう。

「何を聞いても、絶対に秘密にするわ」ミス・ペットワースはウィンクした。「実はね、前々から、あなたなら何かすばらしいことを成し遂げるのではと思っていたの。でもおふたりの婚約のニュースを聞いたとき、母は冗談だと思ったらしいわ。自分の娘が公爵さまに見初められるのを期待していたんでしょうけど、笑っちゃうわよね。あなたを差し置いて、わたしみたいに地味な行き遅れの娘が公爵さまを射止められるはずがないのに」

今の言葉はあまりにも残酷だった。ミス・ペットワースは二十歳になったばかり。グレーの大きな瞳に栗色の巻き毛、バラ色の頬を持つ美少女で、社交界にデビューすると、すぐに紳士たちの注目を集めた。ただペットワース家は裕福ではあるが、財産目当ての若者をひきつけるほどではない。それでもミス・ペットワースは気の利いた会話が上手で、彼女のハスキーな声を聞き取ろうと男性が身を寄せてくると、すかさずその腕にほっそりした腕をからめることで有名だった。

そんな彼女に、同い年のフローラは我慢がならなかった。フローラはとび色のストレートヘアとはしばみ色の瞳の可愛らしい娘だが、自分は彼女の引き立て役にされていると思っているらしい。

だからベアトリスは、フローラが決然とした顔で向かってくるのを見ても驚かなかった。フローラはいきなりベアトリスの空いているほうの腕をつかむと、ミス・ペットワースから無理やり引き離そうとして、力いっぱい引っ張った。その突然の動きにベアトリスはよろめき、ミス・ペットワースは前につんのめって、危うく転びそうになった。

「大丈夫ですか、ミス・ペットワース」フローラはいかにも心配しているように眉をひそめた。「足を痛めたのでは？　座ってお休みになったほうがいいわ。どなたか椅子まで連れていってくださる方は……。あら、ドーリッシュ卿がお手すきのようですわ」

フローラはミス・ペットワースに返事をする間を与えず、杖を頼りによろよろと歩いている老紳士に声をかけた。

「すみませんが、お手を貸してくださいませんか」

ミス・ペットワースは、ドーリッシュ卿がふらつきながら向かってくるのを見て、大あわてで断った。するとフローラが非難した。

「せっかくのご厚意をお断りするなんて失礼じゃありませんか」

ドーリッシュ卿も侮辱されたと思ったのか、不機嫌そうにしている。ミス・ペットワースが謝罪すると、フローラはさらに続けた。「さあ、卿の腕につかまったらよろしいわ。そういうのは慣れていらっしゃるでしょ」老人が伸ばした腕はわずかに震えている。ミス・ペットワースは青ざめたが、フローラはふたりの背中をさりげなく押し、ベアトリスとの会話を打ち切らせた。

ベアトリスはその様子を見ながら言葉を失っていた。フローラがこんなことをするなんて。そうか。これまでハイドクレア家では、厄介者の姪っ子の嫁入り先を必死で探してきても何の甲斐もなかったというのに、公爵閣下と婚約するという、思いがけない事態が起きた。そしてそのせいで、いつのまにか、家族全員の正気が失われつつあるのだ。

2

ベアトリスはこれまで二十年間、ヴェラ叔母さんの延々と続くおしゃべりを毎日聞かされてきた。刺繡枠《ししゅう》の正しい使い方や、赤毛の娘にはなぜ濃い赤茶色のドレスは似合わないのかといった話で、そのおかげで今なら、どんな長い講義にでも耐えられると思っていた。

だから今日のように柔らかな日差しがあふれ、ライラックの甘い香りが漂うような美しい早春の昼下がりでも、分厚いカーテンがひかれた居間のソファにお行儀よく座り、穏やかにほほ笑んでいた。

けれども、〝公爵家の使用人リスト〟に叔母さんが八人目の従僕を加えたとき、ベアトリスは自分の忍耐力が思ったほどたいしたものではないと気づいた。

気性の荒いフランス人のシェフから始まったそのリストはうんざりするほど長く、

姪っ子を怖がらせるためだけに叔母さんが作り話をしているのではと思ったほどだ。八人目の従僕など、森で迷子になった子どもたちを食べてしまう魔女と同じく、実際には存在しないのではないか。

だがベアトリスは、叔母さんにはそうした突拍子もない想像力が欠けていることもよく知っていた。実際、叔母さんが真剣に話していることは疑いようもなかった。新たな使用人を挙げるたびに、彼女自身も落ち着きを失っていくからだ。まるで自分がいつの日か、これほど膨大な数の使用人を監督しなければいけないと恐れているかのように。

ベアトリスはとうとう我慢できず、はじかれたように立ち上がった。

「なんですか、ベアトリス！」叔母さんは息をのんだ。「未来の公爵夫人は、カエルが池のふちに跳びあがるみたいに立ち上がってはいけません。肩の力を抜いて威厳たっぷりに、動いたことすら気づかれないほど優雅に立ち上がるものです」自分がいかに不可能なことを言ったかに気づかないまま、頭を振ってため息をついた。

「本当にね、デイヴィスさんが馬車の前に飛び出したりしなければ、とつくづく思うわ。あなたには、彼みたいな法律事務所の職員の妻のほうが向いているもの」

叔母さんは以前からたびたび、ベアトリスのかつての恋人とされるデイヴィス氏の死を嘆いてはいたが、公爵との婚約が決まってからは初めてのことだった（デイヴィス氏というのは、ベアトリスが事件の調査のためにでっちあげたロマンスの相手で、架空の人物である）。

誰もが玉の輿《こし》を狙うこの身分社会で、自分たちより身分の低いデイヴィス氏を家族に迎えられなかったことを嘆くなんて！　ベアトリスはおかしくなり、急に気分が軽くなった。

「たしかにデイヴィスさんが亡くなったのは悲しいことでした。でも思い出してください。彼は事故に遭ったとき、すでに結婚していて、ふたりの可愛い子どもがいたんですよ。だからわたしと彼との結婚を阻んだのは馬車ではなく、彼の奥さんだったのです」

叔母さんは反論した。

「いいえ、真実の愛ならば、死を除けばどんなものにも打ち勝つことができたはずよ。だから彼が生きてさえいれば、いつか結ばれる日もあったでしょう」

叔母さんは深いため息をつくと、首を振って本来の目的に戻った。表向きは、姪っ子に公爵夫人としての仕事を理解させるためだったが、どうやら公爵との結婚を白紙に戻す選択肢もあると暗に伝えたいらしい。

「もし今回の婚約を考え直したとしても、誰も非難したりはしないでしょう」ヴェラ叔母さんはやさしく言った。「それどころか、喝采を浴びるかもしれません。公爵さまの気の迷いにつけこまなかったということで。聞いた話では、あなたとトーントン卿がもみ合っているのを見て、あなたを守るために、公爵さまが衝動的に結婚に同意したということだけど」

ベアトリスの顔がさっと青ざめた。そうだった。世間知らずではないから、上流社会がひどく残酷であることはよくわかっていた。だが社交界にデビューして以来、うわさ話の対象になったことはなかった。行き遅れの女性というのは、不愉快な思いをすることも多いが、周囲からの厳しい視線を浴びることはまずない。〝結婚〟という、人生で最も大切な目的を達成できなかった女性は、誰の目にも見えない幽霊と同じだからだ。

ベアトリスは、公爵の目に留まったことで、今ようやく姿かたちを取り戻していた。突然、胸の痛みが耐えがたいほどになった。どれだけの人が叔母さんのように、あのひどいうわさ――社交界でのし上がるために、テラスでの状況をずるがしこく利用した――を信じているのだろう。

ベアトリスは身をひるがえし、ドアに向かった。

叔母さんはあわてて声をかけた。

「どこへ行くの？　これからメイドの種類を挙げるところなのに。それはもうたくさんいるのよ。ヘッド・ハウス・メイド、アンダー・ハウス・メイド、スカラリー・メイド、ランドリー・メイド、キッチン・メイド、デアリー・メイド……」

ベアトリスは、居間からは逃げ出しても、いやになるほど多くのメイドたちから逃げることはできないとわかっていた。侯爵家のハウスパーティに出席したことで、八番目の従僕とは違い、彼女たちが実在すると知っていたからだ。叔母さんの挙げたような、仕事によって細分化されたたくさんのメイドたちが働いていたっけ。

ああ、考えただけでもゆううつになる。

自分の部屋に逃げ込もうかと階段に向かったが、狭い空間に閉じ込められるのは、もうこれ以上耐えられない。

新鮮な外気を、思いっきり吸い込みたい。

大股で玄関に向かうと、三月の明るい日差しが降り注ぐ外へと踏み出した。思ったより、ずいぶんひんやりしている。羽織る物が必要だったかも。いいえ、かまうものか。

石畳の小路のつきあたりまで来て、足を止めた。右？　左？　どっちへ行こう。迷いながらふと気づいた。ロンドンのタウンハウスにいるときは、行き先も決めずに外に出たことは一度もない。田舎ではのんびり散歩をする人も多いが、この大都市では、目的もなしに通りをぶらつく人などいなかった。

どこか目的地となる場所が必要だ。

でも、どこへ行ったらいいのだろう。

そのときふいに、大英博物館の荘厳な部屋が頭に浮かんだ。緑色の革張りの椅子、フレスコ画の描かれた高い天井、重厚な木材がふんだんに使われた書棚。数ヵ月前、〈デイリー・ガゼット〉を訪れていた彼女の目の前に、ハンサムな貴族の紳士ファゼリー卿が倒れこんできた。彼女は呆然としながらも、彼の背中から突き出している短剣に目を留め、事件の謎を解明する手がかりになるのではと、大英博物館に出向いたのだった。

するとケスグレイブ公爵が突然現れ、彼女の調査に首を突っ込んできた。あのときはなんと勝手気ままな人間だと苦々しく感じたものだが、今ならわかる。公爵のそういうところがとんでもなく魅力的なのだと。今あの部屋が思い浮かんだのは、彼と一緒に過ごした心地よい時間を思い出したからだろう。一緒に笑い合ったあの場所に行くことで、彼がすぐそばにいると感じたい、そう願っているのだ。

昨夜の出来事については、まだどこかで、現実に起きたことだったのかと疑問に思っていた。もちろん、トーントン卿に殺されかかったことはわかっている。石の手すりに押し付けられた傷痕が背中に残っているし、ドレスの焼け焦げた跡は、彼の頭に松明を叩きつけ、命がけで逃れたことを証明していた。だが公爵に熱いキスをされたというのは、自分の記憶に頼るしかない。考えれば考えるほど、ありえないことのように思えてくる。

ただ婚約がベアトリスの単なる想像の産物であれば、彼との婚約を覆そうとして、叔母さんがあれこれ言うはずがない。

ああ、昨夜ラークウェル家の舞踏会で、公爵ともう一度話す機会があったら！　そうすれば、こんなふうに不安でいっぱいになることもなかった。けれども、取り入ろうとして集まってきたレディたちに囲まれている間に、公爵はラークウェル卿と一緒に消えてしまった。一度だけ、ハートルプール卿を呼ぶために彼が舞踏室にやってきたときに一瞬目が合ったが、言葉を交わすことはなかった。だから彼らの話し合いがどうなったのかは、今も知らされていない。

ヴェラ叔母さんはディナーのあと、一家全員で帰ると言い張った。テラスでの事件で、もともと不安定な姪っ子の精神状態がいっそうおかしくなっているというのが理由で、心底疲れはてていたベアトリスは反論する気力もなく、おとなしく従うしかなかった。それでも、トーントン卿がどういう処罰を受けるのか公爵から話を聞けると思えば、自分だけでも残ろうと努力しただろう。けれども、長いディナーの間に思い知らされたのは、未来の公爵夫人が静かに食事をする機会はほとんどないということだけだった。彼女の外見についての意地の悪いコメント（半分は、トーントン卿と対決したあとの髪や服装の乱れを指摘したものだったが）はもちろん、彼女から公爵へのプロポーズについての質問も飛び交っていた。誰もがふたりの関係が進展していることに気づかず、それをひどく悔しがって、当然ながら彼女が悪いと決めつけていた。

「なんてお利口さんなのかしら！」

トーントン卿のほうがはるかに悪いのに。殺されかけたのはわたしのほうなのに。ドレスが煤《すす》で汚れてしまったのも、もとはと言えば彼のせいなのに。説明しようとはしたが、誰も耳を貸そうとしなかった。それどころか、ベアトリスが松明で火遊びをして、それをトーントン卿に助けられたという話まで出ている。

ひどすぎる。

レディ・アバクロンビーですら、ベアトリスと公爵の婚約を知って呆然としていた。彼女とは、ファゼリー卿が殺された事件の際に知り合った。たびたび的確なアドバイスをしてくれる、信頼できる女性だ。ほんの一時間前には、以前に相談した問題に早くとりかかってほしいと頼まれていた。それなのにディナーの席では、今回のふたりの婚約には、自分が特別な役割を果たしたのだと吹聴している。たしかに彼女には、公爵への絶望的な恋に悩んでいたときになぐさめてはもらった。だがレディ・アバクロンビー自身も、ベアトリスの恋が実ることはありえないと思いこみ、公爵を忘れるための気晴らしとして、新たな事件の調査を依頼してきたのだ。まだ具体的な内容は聞いていないが——。

待って。気晴らしですって？　ベアトリスはハッとした。それこそが、今うつうつとしている自分に必要なものではないか。難問《パズル》を解決するよりほかに、精神を集中できるものなどあるはずがない。

レディ・アバクロンビーに会いに行こう。ベアトリスはすぐさま左に曲がると、確固たる足取りでグロブナー・スクエアに向かった。目的がある、しかもそれが自分の得意分野だというのがうれしかった。ミドルクラスの娘が探偵ごっこなどとんでもないと思われるだろうが、彼女にはぴったりの気晴らしだった。長い間家族を観察してきたせいか、細かいことにもよく気がつき、また暇さえあればさまざまな本を読んでいたので、幅広い知識も身に付いており、それがこれまでの調査に驚くほど役に立った。

自分のそうした適性に初めて気づいたのは、湖水地方でのハウスパーティで殺人事件に遭遇したときだった。最初は、残忍な事件に首を突っ込むつもりはなかった。ところが、被害者は自殺だったと言って公爵が事実を捻じ曲げたことを知り、そんなことは許すまいと、独自に調査を始めることにした。そして紆余曲折はあったものの、結果的には真相を暴き、事件を見事に解決した。その後ロンドンに戻り、別の事件を解決したあとで、思いがけないことに、湖水地方で知り合った人物から、ある事件の相談が舞い込んだ。何よりもうれしかったのは、集めた事実をふるいにかけ、論理的に考える彼女の能力を見込んで、わざわざ依頼しにきてくれたことだ。そしてまた新たに、レディ・アバクロンビーが、心躍る事件を提供してくれるはずだった。その調査に没頭すれば、社交界の意地悪なうわさから気持ちをそらすことができる。

絢爛《けんらん》豪華なオリエンタル調の居間でベアトリスが待っていると、レディ・アバクロンビーが入ってきた。公爵に連れられて初めて会ったときと同様、うるんだ瞳やぽってりした唇、艶やかな黒髪がうっとりするほど美しい。あのときも今も、襟ぐりの深いドレスを身にまとい、豊かな胸元を惜しげもなく披露している。

「よく来てくれたわね」レディ・アバクロンビーはベアトリスの両手を握りしめ、ソファに座るようにとうながした。「紅茶とケーキを持ってくるようにモートンに伝えたから、ゆっくりおしゃべりしましょう。本当にすばらしいこと！　ガニング姉妹（十八世紀半ば、貧しい出自ながら爵位の高い貴族を射止めた美貌の姉妹）がロンドン社交界に旋風を巻き起こして以来の快挙だわ。お母さまもさぞ天国で喜んでいるでしょうね。ケスグレイブ公爵の地位が高いという理由だけじゃないわ。彼があなたにふさわしい人間だからよ。条件からしたらあなたを妻に選ぶはずはないのに、結婚を決めたということは、あなたの真のすばらしさをちゃんと見抜いている証拠だから」そこで首を振った。「ただね、彼にはやっぱりいろいろとしがらみがあるから、あなたを選ぶ気概があるとはこのわたしでさえ思わなかった。もちろん、あなたが優秀なのはわかっていたわ。でも彼を一歩前に踏み出させたことで、それが証明されたわけね。さあ、愛の告白も含めて全部話してちょうだい」

今回の婚約を公爵が決意するには、とんでもない勇気が必要だったろう――そう言われて、ベアトリスは当然面白くなかった。それでも、公爵は彼女にはめられたというひどい話に比べればずっとましだ。

「お気持ちはうれしいのですが、実は今日はもっと大事な、緊急の用件でうかがったのです」ベアトリスは、他の話題に誘導されまいとしてきっぱりと言った。

「もっと大事な用件？」レディ・アバクロンビーは眉をひそめた。「あなたは誰よりも輝かしい勝利をおさめたところじゃないの。それより大事な問題なんてあるかしら」

本気で困惑しているわ。結局は、色恋沙汰こそがレディ・アバクロンビーの一番の関心事なのだろう。

「以前ご依頼いただいた調査の件です」

レディ・アバクロンビーはさらにけげんそうにして、首をかしげた。

「わたしが依頼した調査ですって？」

「はい、そうです。〈紅《くれない》の館〉から帰る馬車の中でご依頼いただきました。昨夜はその件でお叱りまで受けました。具体的に相談したいのに、わたしが家にひきこもって全然訪ねてこないと。だから今日は、こうしてうかがったのです。前々からずいぶん気がかりなご様子でしたし」

「ああ、そうだったわね。でもそれは昨夜のことでしょう」

「はい、そうです」ベアトリスはうれしそうに言った。「思い出していただけて良かった」

「それはそうだけど」レディ・アバクロンビーは首を横に振った。「あれは公爵と婚約する前のことじゃないの」

彼女はこれですべてを説明したと思ったらしい。だがベアトリスには、婚約の前と後で何が違うのかさっぱりわからなかった。公爵との婚約で彼女の人生に起きた決定的な変化といえば、混雑した舞踏会場を誰にも気づかれずに歩けなくなったことだけだ。

「はい。わたしはそのあとテラスでトーントン卿ともめて、あの話はうやむやになってしまいました。調査をするとお約束しておきながら申し訳なくて。今日は邪魔は入りませんから、どうぞ詳しくお聞かせください」

レディ・アバクロンビーはぽかんと口を開けたあと、ぎこちなく笑いだした。

「いやだわ！　からかわないで」

今度はベアトリスがぽかんと口を開けた。

「お言葉ですが」ゆっくりとかみしめるように言った。「奥さまのほうこそ、わたしをからかっているのでは。もう解決したということなら、はっきりそうおっしゃってください」

レディ・アバクロンビーは、ベアトリスの真剣なまなざしにびっくりしたらしい。

「まだ探偵ごっこを続けると言うの？　あなたはもう、公爵の婚約者なのですよ」

ベアトリスは彼女の激しい口調にショックを受けた。公爵と婚約した意味をまったくわかっていなかったと、今さらながら気づいたのだ。〝公爵夫人〟という言葉から感じていたのは、片想いが報われたという喜び、そして膨大な使用人たちを監督できるのかという不安ぐらいしかなかった。

もちろん、日々の暮らしは劇的に良くなるだろう。ケンブリッジシャーにあるお屋敷は言うまでもなく、バークレー・スクエアにそびえ立つタウンハウス——通りがかったら見逃しようがないほど壮麗だった——すら訪れたことはない。だがどちらも膨大な蔵書をもつ大きな図書室があり、何週間でも読書に没頭できるのは間違いない。それに乗馬だって習うことができる。御者のジェンキンスの手綱さばきを見て、いつか自分もあんなふうに乗りこなしたいと憧れていたが、それがかなうわけだ。そしてロックケーキ！　もし十人のメイドの監督を任されるなら、週に一度は、いや毎日だって食べることができるはず。だけど、大好きなケーキを好きなだけ食べられるのと引き換えに、殺人事件の調査をあきらめるというのはおかしくないだろうか。

死体というのは、犯人を見つけてくれと訴えて誰かの足元に横たわるわけじゃない。初めの二回はそうだったかもしれないが、あれは特別で、三つ目の死体を見つけたいと思っていたところに、アンドリュー・スケフィントンが相談を持ちかけてきた。そして間を置かずに、レディ・アバクロンビーから新たな依頼をされた。これは幸運というよりも、わたしの運命なのではないか。

それなのに、公爵夫人になるというだけで、やっと見つけた天職——ちょっと言い過ぎかもしれないが——をあきらめるなんて。また以前の自分に戻ってしまうのかと思うと、ベアトリスの身体に震えが走った。ありふれた質問にさえまともな返事ができず、叔母さんのモブキャップを一日に何度も取りにいかされて、叔父さんが姪っ子にまったく関心がないことにも傷つかないように下を向いて。もちろん、殺人犯を捜すなんて考えたこともなく。

ベアトリスのそうした姿を、公爵は知らなかった。湖水地方にあるスケフィントン侯爵家の図書室で、オトレー氏の冷えきった死体越しに彼と目が合った瞬間、以前のおどおどしたベアトリスは忽然と消えてしまったから。オトレー氏の命を奪ったのと同じ冷酷な手口で彼に殺されると思ったあのとき、何をも恐れぬ気持ちがむくむくと沸き起こった。傲慢《ごうまん》な公爵をにらみつけても、フィッシュパテを彼の顔に投げつけたとしても、自分のやるせない気持ちが和らぐわけではないと気づいた。

あのときに長いトンネルを抜け、新たな、いや本来の自分を取り戻した。そして翌朝、オトレー氏は自殺したと公爵が巡査に伝えたと知り、身の程知らずにも、彼に名指しで疑問を投げかけた（社交界では初対面の場合、自分より身分が上の人物に声をかけてはいけないという不文律がある）。

叔母さんはいまだに、あのときのショックから完璧には立ち直れていない。でも自分はどうだろう。生まれ変わろうと決めたはずなのに、周囲からしたたかな娘と陰口を叩かれ、ベアトリスは不安になっていた。公爵夫人にふさわしい女性というのは、周りの期待に上手に応えられる利口者だ。ただそれはある意味で、彼女が忌み嫌う、他人の言いなりになる愚か者に通じるところがある。公爵はベアトリスに、そうした妻でいることを望むだろうか。

ベアトリスは首を振った。彼の答えは関係ない。彼の期待に応えようとすることは、今の自分を否定することになる。そんなことは絶対にしたくない。

覚悟を決めると、レディ・アバクロンビーに言った。

「事件に遭遇することはめったにないはずですから、今後のことははっきりとは申し上げられません。ただ今のところは、奥さまの気がかりな問題を解決できればと思っています。ぜひ詳細をお聞かせいただけませんか」

レディ・アバクロンビーは唇をすぼめていたが、やがて降参したようにため息をついた。

「わかったわ、そこまで言うのなら。相談したかったのはね、ロケットのことなの」

「ロケットですか？」

「そうよ。なくしてしまったから、捜すのを手伝ってほしいの」

ベアトリスは顔をゆがめた。以前相談を受けたときには、被害者がいるような話だったのに。ただ緊急という感じではなかったから、死体は放置されているのではなく、しばらく前に亡くなっているのではと思っていた。それでも一応、どんなロケットかと尋ねてみた。

「ゴールドのロケットよ。高価ではないけれど、わたしにとっては大事な物なの。プレゼントされたから」

「プレゼントですか」ベアトリスは考え込みながら言った。レディ・アバクロンビーの夫は十年ほど前に戦地で亡くなり、彼女はその後たくさんの恋人と浮名を流している。そのうちのひとりだったウォルター・ヘザートン卿は、大英博物館の一角を占めるほど多くの古美術品を所有しており、彼に関する調査のため、ベアトリスは彼女の家を訪れることになった。そのときの出会いを思い出しながら、こう尋ねてみた。

「それはウォルター卿から贈られたのですか」

レディ・アバクロンビーは目をぱちくりさせてからうなずいた。

「そうよ。彼が火山の噴火で亡くなる直前にプレゼントされたの。旅先で見つけたアンティークだとかで、なくしてしまって残念でならないの。あなたも婚礼衣装の準備などで忙しくなるのに申し訳ないけれど、ドレスについてはお手伝いするから。ヴェラ・ハイドクレアにはとても任せられないもの。わたしの行きつけのサロンを紹介するわ。マダム・ボランジエなら絶対、あなたを輝かせるドレスを作ってくれるはずよ。わたしのこの自慢の胸元は、彼女の魔法の指から生まれたんだから」

彼女の豊かなデコルテはとても自然に見えたので、ベアトリスはなんだか愉快になった。

「そういうことなら、ぜひお願いいたします。ただその前に、本当の相談事を話してください。ウォルター卿からロケットを贈られたなんて信じません。ファゼリー卿の件で初めてお会いしたとき、おっしゃったじゃありませんか。彼の贈り物はいつも短剣だったと。ご自分が振り向くたびに、美しい短剣を差し出されたと」

レディ・アバクロンビーはしばらくベアトリスを見つめたあと、うんざりした顔で言った。

「本当にしようのない子ね。せっかく気が利いた作り話でごまかそうとしているのに。それを容赦なく暴いたら、周囲から愛される公爵夫人にはなれませんよ。ええ、そうですとも。ロケットをなくしたなんてまったくのでたらめよ」ため息をついて続けた。「わたしはただ、あなたが困ったことに巻き込まれるのがいやだっただけ。昨夜の舞踏会でもうじゅうぶんでしょう。トーントン卿をテラスまで追いかけていって、ドレスをぼろぼろにして浮浪児みたいな格好で戻ってきたんだもの。でもラークウェル卿は立派な方だから、あなたの評判が傷つかないような話にしてくださったのよ。あなたが松明で大やけどをしそうになったのを、トーントン卿と公爵の機転で救われたって。あなたとしては面白くないでしょうけど、名探偵だと認められたところで、何か得るものはあるのかしら」

そういうことだったのか。ベアトリスは、極めて不正確で不愉快なうわさ話の出どころがわかってありがたかった。それでもやはり、トーントン卿がヒーローに仕立て上げられたことは悔しかった。

レディ・アバクロンビーは大きく鼻を鳴らし、頭を振った。

「ああもう、探偵さんに相談なんてしなければよかったわ。あなたが公爵のことであんまり落ち込んでいたから、少しでも気分転換になればと思っただけなのよ。でも実はとんだ道化役だったわけでしょ。さあ、わたしのくだらない相談事など忘れて、ゴージャスなドレスを作りに行きましょう。マダム・ボランジェのサロンに一時間後に行くと連絡させるから、それまでお茶を楽しみましょうよ」

ベアトリスもゲストとしてのマナーはわかっていた。紅茶を受け取ってひと口味わうと、飾り立てられた居間を見回した。黄金の蛇、ひだをたっぷりとったシルクのカーテン、蓮の形のシャンデリア。壁には実物そっくりの見事なだまし絵が描かれている。初めて訪ねたときは、レディ・アバクロンビーの軽薄さの象徴のように思ったものだ。だが親しくなるにつれ、社交界の退屈な日常から逃れるためには、こうした気晴らしが必要なのだと知った。

「以前、レディには没頭できる趣味が必要だとおっしゃいましたよね」ベアトリスはやんわりと言った。「でしたら、探偵ごっこがわたしの趣味なんです」

レディ・アバクロンビーはまったく動じなかった。

「公爵夫人になったら何でもできますよ。たとえブライトンのロイヤル・パビリオンそっくりに屋敷を改装しても、資金が足りなくなることはないわ。高級サロンのドレス代は言うまでもなく。だから、新しい趣味をゆっくり見つければいいわ。ほら、ケーキをどうぞ」

お腹はすいていなかったが、ベアトリスは差し出されたケーキを受け取り、少しだけ口に入れた。甘くてレモンの香りがする。

「公爵さまに資金を出してもらえるようになれば、奥さまのアドバイスを参考にいたします。でも今はまだ、貧乏なミス・ハイドクレアにすぎません」相手の目をまっすぐ見据えた。「わたしの記憶が正しければ、ご相談の件は緊急に調査する必要はないとのことでしたね。つまり被害者は、しばらく前に亡くなっているということですか？」レディ・アバクロンビーの表情を見て、自分の指摘が正しかったと確信した。ただ〝被害者〟と聞いて、ぎくりとした様子はない。もしかして〝被害者たち〟、つまり亡くなったのはふたり以上ということだろうか。さらに尋ねた。「いいえ、しばらく前ではなく、きっとずいぶん前なんだわ。ああ、違う。ずいぶんどころじゃない。数ヵ月？　それとも何年も前なのでは？」

「いいかげんにしてちょうだい」レディ・アバクロンビーは見るからにいらだっていた。「未解決の事件の調査のために、公爵夫人がロンドンの街中を走り回るなんて絶対にだめ。クララだってそんなことは望まないはずだわ」

クララですって？　ベアトリスは、ほとんど記憶にない母親を利用するのは、ずいぶん汚い手だと思った。たしかに、亡き母が娘に何を望むかは、自分には想像すらできない。両親がボートの事故で亡くなったのは、彼女が五歳のとき。あまり深く考えることのなかったその悲劇は、母の親友だったレディ・アバクロンビーに出会ったことで、ベアトリスの心に重くのしかかるようになっていた。ホーレス叔父さんは、両親についてほとんど話してくれなかった。姪っ子の寂しさを慮るような気の利くタイプではないからか。それとも個人的に、兄にまつわるいい思い出がなかったからか。父リチャードがヨットの操縦が上手だったと知ったのも、レディ・アバクロンビーが長年の疑問を口にしたからだ。あれほどの腕前だったのに、なぜボートの事故なんかで亡くなったのかと。その件について叔父さんはひと言も話さなかったし、叔母さんだって――。

そのときふと、突拍子もない考えが浮かび、ベアトリスは息ができなくなった。

違う、違う。頭を激しく振ってその考えを否定した。ありえない。馬鹿馬鹿しいにもほどがある。考えるまでもない。

だがその馬鹿馬鹿しい考えは頭の中に芽生えたとたん、すぐに根を伸ばし、しっかりと根付いてしまった。レディ・アバクロンビーがショックを受けたのは、ボートでの事故死という死因だけではない。どんなに熟練した船乗りでも、制御不能の状況になればどうしようもないのだから。おそらく、最近読み返したというクララからの手紙が関係しているのだ。ベアトリスに見せようとして、引き出しの奥から二十年ぶりに出してきたと言っていた。両親の死の直前に書かれたレディ・アバクロンビーの日記もあると聞いている。

もしかしたらレディ・アバクロンビーは、二十年前に見落としていた何かに気づいたのだろうか。

ベアトリスはフッと笑った。いいえ、それはない。だけどやっぱり……。たとえば、レディ・アバクロンビーがわざわざ相談を持ちかけたこと。もともとは、ふさわしい結婚相手を探してあげるとはりきっていたから、その件で呼び出すための口実かと思った。彼女は型破りなところはあるが、さすがに未婚の娘に殺人事件の調査をやれとあおるようなことはしないはずだ。だがベアトリスの両親に関わることとなれば、不思議ではない。

調査を急いでいないことも、初めから気になっていた。だが二十年以上も前の事件であれば、今さら緊急の案件でもないだろう。それに、被害者は何年も前に亡くなったのではと訊いたとき、レディ・アバクロンビーは相当いらだっていた。ずばりと言い当てられ、動揺したのではないか。

そうだ。そうに決まっている。だが昨夜公爵との婚約が決まったことで、レディ・アバクロンビーの態度は変わってしまった。ベアトリスが公爵を射止めたことを心から喜び、それを台無しにしたくないと思っている。これまで不遇だった親友の娘に、公爵との幸せな人生を歩んでほしいと、母親のような気持ちで願っているのだろう。

ただそれでも、自分が両親に何かしてあげられることがあるのなら、それに背を向けることはできない。ぼんやりした記憶しかないが、両親は彼女を心から愛し、いつくしんで育ててくれた。そしてその支えが突然なくなり、ポートマン・スクエア十九番地の玄関に立ったとき、身も心も凍えるような冷たい風が吹きつけてきたことを今でもよく覚えている。

周囲の目を気にしたり、自分の幸せだけを求めたりすることはできない。公爵が理解してくれるかしてくれないか、それはもはや問題ではなかった。

ベアトリスはティーカップを受け皿にぶつけながら、震える手でテーブルに戻すと、ゆっくりと顔を上げ、レディ・アバクロンビーを見つめた。

「ご依頼の件をお引き受けいたします」指の震えを抑えようと、こぶしを固めた。「奥さまの代わりに、父と母が殺害された事件の真相を、このわたしが明らかにいたします」

3

レディ・アバクロンビーの名誉のために言っておくと、彼女はベアトリスをののしったり、狼狽して口ごもったりすることはなかった。大きなため息をついたり、唇を突き出して不快感を示したりすることもなかった。ベアトリスの決意の言葉に小さくうなずくと、手元にあるベルを鳴らした。

まもなく執事のモートンが現れると、指示を出した。

「わたしのベッド横のテーブルにある日記と手紙の束を持ってくるよう、ベスに伝えてちょうだい。それと、ワインセラーからシャンパンを。グラスと一緒に」

「かしこまりました、奥さま」

モートンが出ていくと、レディ・アバクロンビーはティーケーキに手を伸ばした。

「ドレスサロンに行くのは、また別の機会にしましょう。今のうちに乾杯しておかないと、これからどうなるかわからないもの。マトロック家の名を汚すようなあなたの行動を、公爵未亡人が黙って見ているとは思えないから。彼女はとても厳格な方で、少しでも不謹慎だと思ったら眉をひそめるの。今朝公爵があなたの家を訪ねていないということは、たぶん彼女の屋敷に呼び出されているんだわ。軽率な決断をしたと言って責められているんでしょう。わたしたちが今こうしている間にも、あなたから公爵を引き離す作戦を練っているのかもしれない。もし彼が緊急の任務で長期間地方に送られたとしても、驚いてはだめよ」

ベアトリスは不安でいっぱいになった。公爵未亡人が孫息子の婚約を破棄させようといったん決めたら、誰にも止められないのか。

テラスでのあの夢のような瞬間――公爵が情熱的に愛を告白し、ヘラクレスの十二の試練を正しい順序に並べたあのとき――、ふたりの絆は揺るぎないものと思ったのに、これほど頼りないものだったとは。他人の思惑に左右されてしまうような。

いいえ、公爵を信じなくては。

レディ・アバクロンビーが言うには、ベアトリスの容姿や年齢、社会的立場の低さだけでも、公爵未亡人にとってはじゅうぶんすぎるほど不愉快だそうだ。であれば、〝好奇心が旺盛すぎる〟という、公爵の妻にはふさわしくない性格を知られたところで、マイナス点が一つ増えるだけのことだ。そんなことを恐れて、目の前の問題から手を引くのはあまりにも馬鹿げている。

ベアトリスが決意を固めている間に、モートンがトレイを持ったメイドを従えて戻ってきた。それから彼女がトレイを置いたあと、彼は円錐《えんすい》形の美しいグラスの横に、革表紙の日記と手紙の束を並べた。

ふたりが出ていくと、レディ・アバクロンビーは日記を手に取りながら話した。「まさかこんなことになるとはね。あなたの想いに公爵が少しでも応えてくれると思ったら、余計な話はしなかったのに。だけど彼は、レディ・ヴィクトリアにプロポーズするものだとばかり。だって彼女の美しさは万人が認めるところだし、あなたの彼への想いは単なる憧れ程度だと思っていたから。毎シーズン、デビューしたての娘たちが彼にうっとりして、初恋だと勘違いをするような」首を振って悔しそうに言った。「本当にわたしとしたことが。クララ・レイトンの娘なら、わたしの鼻を明かしてもおかしくないのにねえ」そのあとで日記をぎゅっと抱えながら、ベアトリスに尋ねた。「それでさっきの件だけど。本気だと考えていいのね？」

「はい」ベアトリスはきっぱりと言い、日記を受け取った。ためらうことはなかった。過去の問題を解決しないまま、未来に進むことはできない。

もちろん、両親の死についてレディ・アバクロンビーが誤解している可能性はある。ふたりは殺されたのではないかと彼女が疑っているにしても、実際に起きたとは限らない。

レディ・アバクロンビーはうなずくと、グラスにシャンパンを注いでその一つをベアトリスに手渡し、自分のグラスを高く掲げた。

「親愛なる友人クララの娘に。聡明なあなたにふさわしい幸せが訪れますように。ご両親もきっとあなたを誇りに思っているでしょう。もし親代わりの人間が必要になったときは、迷わずわたしに声をかけてね。乾杯」

ベアトリスは涙をこらえるのに必死だった。これほどあたたかい言葉をかけてもらえるとは思いもしなかった。いけない。豪華な絹のソファを濡らしたら大変だわ。シャンパンを必要以上に長く口にしたあと、ようやく顔を上げた。〝聡明なレディ〟らしく、何か気の利いた言葉を返さなければ。だが思いつく前に、レディ・アバクロンビーが言った。

「あなたのお父さまはスパイだったのよ」

ベアトリスは危うくグラスを取り落としそうになった。お父さまがスパイですって？　ありえない。あまりのことに思わず笑いだしそうになった。頭の中に、もっさりした体形のホーレス叔父さんが現れた。黒い覆面をして、ウィスキーの樽の後ろに隠れ、誰かの会話を盗み聞きしている。いやだわ。お父さまと叔父さんは全然似ていないと聞いているのに。

「誤解しないで。国際的なスパイではないの」レディ・アバクロンビーはあわてて否定した。「あの頃フランスでは、革命だとかナポレオン戦争だとか、血なまぐさいことが続いていたでしょう。だからフランス軍の動きを外務省に報告するとか、そういうスパイもたしかにいたと思うわ。でもリチャードの場合は、ケンブリッジの学友だったピット首相の依頼で、イギリス連帯ギルドという商人たちの組織に潜入していたの。靴職人のふりをしてね。クララの話では、メンバーたちが議論していたのは暴動の計画ではなく、政治的な問題だったみたい。たとえば、イギリスのすべての男性に選挙権を与えるべきだとか。クララも興味があって、男装して会合に参加していたそうよ」

ベアトリスは、チャールズ・レストンの著したウィリアム・ピット首相の伝記を読んでいたので、職人や商人たちが結成したイギリス連帯ギルドについてもある程度は知っていた。常時千人以上のメンバーがいて、七年間の活動期間のうち、最盛期には三千人近くに達したらしい。レディ・アバクロンビーが言ったとおり、ギルドは主に議会改革を、たとえば下院の議員数を増やし、投票権を拡大することなどについて議論していた。いっぽうピットは、当時のフランス情勢をひどく気にしており、イギリスにも革命が起きることを恐れていた。そのためギルドのような組織を危険分子と考え、そうした存在は違法だとする一連の法律を成立させた。

だがベアトリスは、庶民が作った組織を一方的につぶすのではなく、もっと他の対応があったのではと感じた。凶作のために、当時はイギリス各地で暴動も勃発していたが、彼らと敵対するよりは、対話をして要望をくみ取る方法もあったのではないか。

けれどもピットはその代わりに、ベアトリスの父親をギルドに潜入させたわけだ。

「あの、母もスパイ活動に参加していたとおっしゃいましたよね」

ベアトリスは声を落として尋ねた。

「ええ。クララは好奇心が旺盛な人だったから」レディ・アバクロンビーはにっこり笑った。「何でも一度はやってみないと気が済まないタイプだった。でもちょっと大げさなところがあったわね。つまらないことでリチャードと意見が合わなかっただけで、結婚生活はもう終わりだと騒いだりして。肖像画をどこに掛けるかとか、そういったことよ。リチャードは自分にうんざりなんだ、このまま衰弱死したほうがましだとか言って。わたしはそういうときはいつもほうっておいたんだけど、そのせいもあって、ギルドの誰かに狙われているようだと彼女が言ったとき、気にも留めなかった。それに同じ頃、二人目を妊娠していると聞いたから。そのほうがずっと大事でしょ？　でもそれからまもなくふたりとも亡くなり、その後一年近く、ショックで何も考えられなかった。ところが今になって彼女の手紙や自分の日記を読み返してみると、〝狙われている〟という彼女の言葉が気になりだしたの」

レディ・アバクロンビーが話し続ける横で、ベアトリスはぼんやりと考えていた。お母さまが二人目を妊娠していた？　あの悲惨なボート事故が一年後に起きていたら、妹か弟と一緒に叔父さんの家に引き取られ、きょうだいふたりして惨めな日々を送っていたのかもしれない。

「事故で亡くなったとき、妊娠何ヵ月だったのですか？」

「三ヵ月か四ヵ月かしら。二人目をなかなか授からなかったから大喜びしていたわ。もちろんリチャードも。後継ぎが欲しかったんでしょう。あのしみったれた堅物の弟に、何もかも譲るなんていやだったのよ」

ベアトリスは、粗末な生地や冴えないデザインの服を着せられていた少女時代を思い出した。昨夜着ていたドレスだって、トーントン卿の髪に燃え移った炎を消し止めたせいで焦げてしまったが、上質とは到底言えない生地で、しかも二年も前にはやったデザインだった。父親の遺産があったとしても、それが彼女のために使われていないことはたしかだ。

「何もかもというのは？」ベアトリスは、関節が白くなるほどシャンパングラスをぎゅっと握りしめた。

「リチャードはいろいろな企業の株式に投資していたの。創業まもない企業や、画期的な発明を目指す企業、たとえばワットの蒸気機関を改良したフィリップスだとか。そういえば、クララも技術的な発明や発見にとても興味があったわ。わたしにもシリンダーやら回転力やらのことを説明するんだけど、正直うんざりだった。彼女の手紙にも書いてあるから読んでみたらわかるわ。太陽歯車と遊星歯車についての論文もあったはずよ。あんなのをたびたび読まされるなら、彼女と縁を切ろうかと思ったくらい」

ベアトリスには初めて聞く話ばかりだった。頭の中が飽和状態になり、手をあげて、レディ・アバクロンビーの話を一時停止したくなった。お父さまは抜け目のない投資家だった？　お母さまは難しそうな技術論文を書いていた？

父親が投資していたという会社がその後どうなったのかも気になった。先祖代々の屋敷ウェルズデール・ハウスは、弟のホーレス叔父さんが所有することになり、叔父さんはロンドンのタウンハウスに加え、領地にある屋敷でも過ごせることを喜んでいた。それ以外に兄夫婦が遺した品々はすべて売却し、ベアトリスの養育費にあてられたと聞いている。けれども、父が投資した株について耳にしたことは一度もない。叔父さんは株券を売った利益でできるだけ養育費をまかない、兄夫婦の思い出の品をいくらかでも姪っ子に遺しておこうと思わなかったのだろうか。

それとも、株の売却で得た金を別の用途にあてたとか。

もしかしたら叔父さんは多額の借金を抱えていて、転がり込んできた兄の遺産でそれを清算したのかもしれない。叔父さんはしみったれのくせに、投資というより、ギャンブル的な投機が好きで、叔母さんはたびたび嘆いていた。そういえば嗅ぎたばこも、分不相応な高級志向だったし、もしかしたら……。

いやいや。ベアトリスは自分のいやしい考えをあわてて否定した。叔父さんが殺人犯であるわけがない。

「リチャードはヨットの腕前は相当なものだったの」レディ・アバクロンビーが言った。

「はい。以前にもそうお聞きしました」ベアトリスはうなずいた。「でもどんなに経験豊かな船乗りでも、対処できない状況に遭遇することもあるのでは。たとえばHMSロイヤル・ジョージ号は、ポーツマス港に停泊中に沈没しました。沖にいたわけでもないのに、砲門に水をかぶったせいで八百人もの人が亡くなった。リチャード・ケンペンフェルト少将自身も乗船していましたが、どうすることもできずに命を落としました」

レディ・アバクロンビーは声を上げて笑った。

「あらまあ、お母さまにそっくりね。彼女も細かい事実を正確に覚えていて、それを突然挙げるからずいぶん驚かされたものよ。ええ、あなたの言いたいことはわかるし、海難事故についての本ならわたしも読んだことはあるわ。でもわたしが言いたいのは、事故の夜が嵐だったことなの。暴風雨のさなかにメドウェイ川の支流に漕ぎ出した。しかもヨットではなく、釣りに使う小舟だったのよ。錨《アンカー》とアンチョビーの区別もつかない人間ならいざ知らず、リチャード・ハイドクレアがそんな無謀なことをするはずがない。この命を懸けてもいいわ」

不思議なことだが、両親の亡くなった事故について、ベアトリスはほとんど知らなかった。

ボートで溺れ死んだとは聞いていたが、どういう状況だったかは誰も教えてくれなかった。レディ・アバクロンビーの言う通りなら、どうしてふたりが暴風雨に手漕ぎボートで川に出たのか、疑問に思う人はいなかったのだろうか。

そこでふと、湖水地方の事件で、遺体発見の際に呼ばれた地元の巡査が、「オトレー氏は自殺をした」と、公爵に言われるまま信じたことを思い出した。そう、警察なんてそんなものだ。両親の遺体があがったときに立ち会った巡査も、溺死体を見たとたん、事故だと決めつけたのだろう。

「どなたかに疑問を伝えたことはありましたか？」ベアトリスは尋ねた。

「いいえ、あのときは何も疑わなかったから」レディ・アバクロンビーは残念そうに言うと、シャンパンを一口飲んだ。「だけどクララの手紙や当時の自分の日記を読み返してみて、急に気になりだしたの。彼女の心配していたとおり、ギルドのメンバーにふたりは殺されたんじゃないかと。リチャードがピットの送り込んだスパイだと気づいた誰かに。どんな方法だったかも、なぜ関係のないクララまで殺したのかもわからないけど。だからこそあなたに真相の解明をしてほしいと思ったのよ。あなたはわたしよりずっと聡明なんだから」

ベアトリスは、〝聡明〟という言葉をだんだん呪いのように感じ始めていた。自分の能力はいったいどこまで通用するのだろう。今回の調査はこれまでとは違う。単に知的好奇心を満足させたいだとか、難しいパズルを完成させて達成感を得たいだとか、そういうものではない。彼女自身の人生そのものに関わる事件の深い沼に、ずるずるとひきずりこまれるような気がする。

「もちろん断ってくれていいのよ」レディ・アバクロンビーはベアトリスの不安を感じたのか、笑顔で言った。「こんな不愉快な事件は全部忘れて、わたしの行方不明の宝石を捜してもらったほうがいいかもしれない。そうね、今日中に何か適当な物をなくすから。あなたには公爵との輝かしい未来が待っているんだもの。ご両親のためとはいえ、それを失う危険をおかす必要はないわ。クララがこの場にいたら、絶対にそう言うと思う」

なくした宝石を捜す？　そんな宝探しみたいなゲームで、ベアトリスが満足するわけがない。レディ・アバクロンビーが本気で言っているとは思えないが、そんな提案をするほど気にかけてくれているのだ。気づいたときには、ベアトリスはテーブル越しに手を伸ばし、レディ・アバクロンビーの手を握りしめていた。

「ありがとうございます」叔父夫婦に対して、こんなことは一度もしたことがなかった。

レディ・アバクロンビーはその手をかたく握り返し、あたたかなまなざしを向けた。それから陽気な笑い声を上げて手を放し、ベアトリスのグラスにシャンパンを注ぎ足した。

「じゃあそろそろ、公爵とのロマンスがどうやって実ったのか詳しく教えて。あなたったらその件になると、謎かけをするスフィンクスみたいに黙っているんだもの。

そうね、まずは二週間自宅にひきこもっていたところからね。あのときはすべての望みが断たれたと思ったんでしょう？　わたしの忠告に従って、家のあちこちにある〝嘆きの椅子〟に臥せって涙を流したのかしら」

ベアトリスはたしかにあの二週間、ベッドや他のソファに横たわってさまざまな本を読みふけっていた。最初に手に取ったのはヨハネス・ケプラーの伝記で、本来なら面白くて夢中になったはずだが、実際には一文字も頭に入ってこなかった。それでもレディ・アバクロンビーの忠告に従い、叔母さんの居間にまで忍び込んでソファに臥せってみたものだ。

レディ・アバクロンビーは笑った。

「そんなことまで。彼女ならそのソファに物憂げに臥せったことなどないでしょうけど」

公爵とのあれこれについて、ベアトリスはあまり詳しくは話さなかった。ふたりの思い出を大事に胸にしまっておきたかったからだ。それでも途中何度も口をはさまれ、話し終えたときには、思ったより遅い時間になっていた。ところがレディ・アバクロンビーは、自分のペットのライオンの仔ヘンリーに会っていけと言ってきかなかった。

「この子はあなたが大好きなの」レディ・アバクロンビーは、ヘンリーがベアトリスの顎をぺろぺろとなめるのを、目を細めて眺めている。

うーん、大好きだというより、お腹が減っているんじゃないかしら。それでもあまりに愛らしいので、ベアトリスはよしよしと言いながら、ライオンの仔を撫でてやった。

「事件のこと、何かわかったらすぐに知らせてね。どんなことでも」

レディ・アバクロンビーは玄関で見送りながら言った。馬車で送るという申し出をベアトリスが断ったのは、歩きながら考えをまとめたかったからだ。来たときよりも外はひんやりしており、一歩踏み出したとたん、彼女は身震いした。それでも足取りを速めることはなく、これからやるべきことのリストを作り始めた。まずは、お母さまの手紙とレディ・アバクロンビーの日記をじっくり読みこもう。イギリス連帯ギルドについての情報も、多ければ多いほどいい。ピット首相の伝記にも少しは書かれていたが、ギルドが彼の脇腹に刺さった棘《とげ》のような存在だというぐらいしか覚えていない。具体的には、どんな活動をしていたのだろう。

またピットに近い人たちにも話を聞けば、お父さまの任務についても詳しくわかるかもしれない。一緒にギルドに潜入していた人物が見つかれば一番いい。

他には……。お父さまの個人的な友人も何か知っているのでは？

ベアトリスは右に曲がり、自宅に向かう小路に入った。そこでふと気づいた。叔父さんと叔母さんに訊いてもいいじゃないの。叔父さんはお父さまのことになるとだんまりを決め込む。ときには苦い顔をすることさえあったので、両親について尋ねたことはなかった。何かいやな思い出でもあるのだろうか。

玄関に向かいながら、なんとなく沈んだ気持ちになった。

「ベアトリス！」

玄関ホールに入ると、叔母さんが小さく叫んだ。その横で、叔父さんがケスグレイブ公爵と握手をしている。

公爵は振り返ってベアトリスを見たとたん、ぱっとうれしそうな顔になった。いっぽうベアトリスは、青い瞳をきらきら輝かせた公爵があまりにもハンサムなので、恥ずかしくなって頬を赤らめた。そんな彼女を公爵は愛おしそうに見つめている。

ヴェラ叔母さんが重々しい声で言った。

「戻ってきてくれて良かったわ。公爵さまには、あなたが貸本屋に行ったとお話ししていたの。あら、やっぱり本を一冊持っているじゃない。口から出まかせじゃないとおわかりいただけてホッとしたわ」口を滑らせたと気づいたのか、ぎこちなく笑った。

気まずい数秒間が流れたあと、叔父さんが口を開いた。

「公爵さまは、財産分与の件で話し合うためにいらしたんだ」

叔父夫婦が困っているのを内心にやにやしながら見ていたベアトリスは、この言葉を聞いて目を丸くした。そうだった。未亡人になったり子どもができたりした場合、財産をもめることなく分配するには、そうした取り決めを事前にしておく必要がある。公爵との婚約が決まったら、当然、真っ先に話し合うべきことだろう。

わかってはいたが、やはり悲しかった。ふたりの純粋な愛が、後継ぎをもうけるという、現実的な問題にすり替わってしまうように感じたからだ。

「実はね」公爵が言った。「きみに会いにきたんだが留守だというので、叔父上とその件で話し合うことにしたんだ。でも今後は弁護士に任せることにして、せっかくだからきみとゆっくり話がしたいな」

公爵はベアトリスとふたりきりになりたいとほのめかしたつもりだったが、叔母さんがすかさず応えた。

「ええ、ではお茶を四人分持ってこさせます。ご家族の話もうかがいたいですわ」

それから居間へ公爵を案内すると、早速尋ねた。

「今回の婚約について公爵未亡人はどのようにおっしゃっているのですか。ひどくがっかりされているのでは？　レディ・ヴィクトリアのことも心配ですわ。公爵さまとは本当にお似合いでしたのに」

公爵はやれやれといった顔で、タヴィスティック家の跡取り娘との結婚話は一度も出たことがないと断言し、そのあとでベアトリスに熱っぽいまなざしを送った。するとベアトリスは、お腹のなかで蝶がひらひらと舞うのを感じ、恥ずかしさにうつむきながら、手にした母親の手紙をぎゅっと握りしめた。

会話を続けようとする叔母さんに気づかないふりをして、公爵はベアトリスに直接尋ねた。最近はどんな本を読んでいるのか、貸本屋の品ぞろえはどうだったのかなど、ありきたりな質問だったが、ベアトリスはイエスかノーとしか答えられなかった。ラークウェル家の舞踏会で公爵の告白に舞い上がったあと、彼と一緒にいるのがなぜか恥ずかしくてしかたがなかった。

自分のおどおどした態度が情けなくもあった。これでは、かつてのベアトリス・ハイドクレアと同じではないか。レイクビュー・ホールの最初のディナーの席で、正面に座る尊大な公爵にいらつき、コーヒーカスタード・ア・ラ・ルリジューズを彼の頭に投げつけてやれたらと空想していた、何の取り柄もない娘と。

まずい。このままでは以前の自分に戻ってしまう。

居間ではしばらく、ビーツの効能について突っ込んだ議論がなされた。かつてその話題で公爵と盛り上がったと勘違いした叔母さんが、ここぞとばかりにうれしそうに話している。ようやく三十分ほどして、公爵は立ち上がった。

「それではそろそろ失礼します。今夜は紳士クラブでハートルプール卿と食事をする予定ですが、そのあとレディ・ベビントン主催の音楽会でお会いできるのを楽しみにしています」

実を言うと、ベアトリスはその音楽会に行くつもりはなかった。これまで毎年律儀に出席していたが、音楽会とは名ばかりで、ベビントン家の五人の令嬢たちによる歌が延々と続くだけの催しだったからだ。それがまた、路地裏でネズミの死骸をめぐって二匹の猫が争っているようなひどい歌声で、残念ながらこの日のベアトリスには、愛想笑いをできるほどの忍耐力は残っていなかった。それに両親の事故死についての調査も、できるだけ早く始めたかった。気持ちがはやるせいか、手紙を握った手が小刻みに揺れている。それがベアトリスには、まるで急いで読んでほしいと、手紙にせがまれているように感じられた。

ところが、音楽会には行かないと公爵に小声で伝える前に、叔母さんが割り込んできた。

「それはうれしいですわ。わたしたち一家はみんな、あの音楽会を毎年楽しみにしておりますの。レディ・マージョリーの心地よい歌声や、レディ・ダイアナの完璧なイタリア語は何度聞いてもうっとりします。それにレディ・サラの迫力ある美声も。お屋敷の外にいても聞こえるほど、朗々と響き渡りますもの」

叔母さんの言葉を聞きながら、ベアトリスはあらためて欠席の決意を固めたが、そんなことはおくびにも出さなかった。いよいよ出かけるというそのときに、頭が痛いふりをするほうがずっと簡単だ。

叔母さんはまだ延々と、ベビントンの娘たちの歌を褒めそやしている。ベアトリスはとうとう声をかけた。

「あの、公爵さまはこのあとお約束があるのでは」

叔母さんはあわてて口元をおおうと、公爵の腕にずうずうしくも腕を通し、玄関まで案内をした。ただベアトリスは、まだ公爵と並んで歩くのが恥ずかしかったので、叔母さんの割り込みをありがたく思い、公爵に対して、無礼と言ってもいいほどそっけなく別れを告げた。

叔母さんは公爵が立ち去るとすぐに時計を見て、うれしそうに言った。

「まだじゅうぶん時間があるから、昼間の続きに戻りましょう。公爵家の使用人についての説明が途中だったでしょう。たしかデアリー・メイドのところだったかしら」

ベアトリスはその瞬間、叔母さんの能天気な頭にパンチを一発食らわせようか(ボクシングにはまっているラッセルがよく使う言葉だった)と考えた。だが結局は、叔母さんに続いて居間に戻り、気の滅入るような講義をおとなしく受けたのだった。

4

ベアトリスは母親の手紙を読みながら、想像もしていなかった感情におそわれていた。母の愛情を受けられなかった無念さをあらためて感じ、涙があふれるかもしれないとは思っていた。けれども今、ページから勢いよく飛び出してくるような言葉に触れ、これほど生き生きとした魅力的な女性と、多感な時期を一緒に過ごせなかったことが残念でたまらなかった。

最初の手紙は一七九三年の四月に書かれたもので、彼女いわく、「夫婦のものめごとを偏りのない視点から描いたもの」らしいが、実際にはふたりの幸せな結婚生活が、遊び心いっぱいの文章でつづられていた。ゴシップ的な小話がちりばめられているのは、夫や子どもたちとカントリーハウスで過ごしていたレディ・アバクロンビーを楽しませるためだろう。ファンズワーシー夫人は孔雀《くじゃく》の羽根が大好きで夫を破産に追い込みそうだとか、レディ・スウィングデールはラシュデン卿へ猛アタックをして周囲を当惑させているとか。

その他には、夫リチャードの親友であるウェム伯爵が、彼女に気に入られようと必死だというのもあった。『ウェム伯爵は、わたしの永遠の献身が欲しいとまで言うの。意味がわからないわ。そもそも彼がわたしにリチャードを紹介してくれたのに』

リチャードの投資についても触れていた。レディ・アバクロンビーが話していたフィリップス社以外にも、火災後に再建を目指すドルリー・レーン劇場をはじめ、いくつかの投資先があったようだ。

続く五月の手紙には、リチャードがピット首相の依頼でイギリス連帯ギルドに関わっていると簡単に書かれていた。詳細が明らかになったのはその四ヵ月後で、ギルドの小冊子も同封されていた。

『ギルドの主張は必ずしも間違っていないとリチャードは考えているみたい。彼らの信念を覆すのは絶対に無理だと断言していたわ。陰気くさい会合を陽気なものにしようと思って軽口を叩いたら、ふざけるなら参加するなと言われたそうよ』

クララは夫の活動に関してかなり詳しく明かしているいっぽうで、他人には決して口外しないようにとレディ・アバクロンビーに釘を刺していた。

『リチャードは極秘任務のことを誰にも知られたくないの。潜入調査のためとはいえ、世間体を気にする義弟のホーレスは、急進派とつきあうなんて理解できないでしょう。それに親友のウェム伯爵も知ったら怒りだすに決まっているわ。わたしたちのお目付け役だと勝手に思いこんでいるから』

翌一七九四年十一月の手紙には、クララもギルドの会合に出席したと書かれていた。身元がばれないように夫の服に身を包むと、ベアトリスがファゼリー卿の屋敷を訪れる際に初めて男装したときと同様、なんともいえない解放感を覚えたようだった。鏡に映った自分に向かって叫んだそうだ。

『男だというだけで、こんなに自由な気分になれるのね!』

だが一七九五年二月には、ギルドの会合で、創設者のジェフリーズから不審な目を向けられ、不安を感じたとある。

『むずむずするような嫌な感じというか。いいえ、じわじわと迫ってくるような。ああ、ぴったりの言葉が思いつかないわ』

次にジェフリーズが手紙に登場したのは五月のことだ。

『むずむずでもじわじわでもない、とうとうチクチクになったわ。なかなか厳しい状況よ。ジェフリーズは、ここデンマークでは何かが腐っている（ハムレットの台詞で、見えないところで陰謀が行われているという意味）と言ったの。何かは特定できていないみたいだけど、わたしたち夫婦をたびたび突き刺すような目でにらみつけるの。だけどリチャードがピットに宛てた報告書の内容は、あくびが出そうなほどつまらないのよ。ギルドの会合は穏健で秩序があり、人々を扇動するような危険な組織ではないと。わたしがジェフリーズだったら、好意的に報告しているリチャードに感謝すると思うわ。だけどピットの指示で潜入しているもうひとりのスパイは、力でギルドを抑えつけたほうがいいと考えているの。リチャードは心配だと言うけれど、彼だって貴族の紳士だもの、無謀なことはしないと思うわ』

それから三カ月後の八月の手紙では、ジェフリーズの視線が怖くてたまらないと訴えていた。亡くなる三週間前のことで、ジェフリーズ以外の〝粗暴な〟メンバーたちのことも気になっているようだ。

『わたしたちがスパイだと気づいているのかしら』クララはその疑問に自分で答え

ていた。『ええ、絶対に気づいていて、何らかの手段に出るかもしれない。あの人たちは、荒くれ者で怒りっぽいもの。それほど残忍には見えなくても、彼らの心のなかで怒りが渦巻いているのを感じるの。そういう人は結構いるものよ。それがポセイドンのように、海から這い上がってこなければいいけれど』

それがレディ・アバクロンビーに送られてきた最後の手紙となった。クララとリチャードはまもなく領地にあるウェルズデール・ハウスに戻るので、落ち着いたらまた手紙を出すとも書かれていた。

ベアトリスは手紙の束をテーブルに置いた。両手が震えている。どうしてだろう。このわずか二時間足らずで、母親について、これまでの二十年よりもはるかに多くのことを知った。そのせいで、彼女を失った悲しみが増したというのはある。でもそれだけじゃない。もっと知りたいといういらだちのせいか。あるいはジェフリーズとその仲間を見つけ出し、問い詰めてやりたいと気持ちが高ぶっているからか。それともこの事件を調査することを、公爵が反対するかもしれないと恐れているのか。

手の震えが激しくなるにつれ、ベアトリスは認めざるをえなかった。ここまで複雑な話となると、〝かもしれない〟ではなく、公爵は〝間違いなく〟反対するはずだ。

これまでは公爵という立場を使い、事件の関係者と会えるように手配するなど、同志として、彼女の奮闘を応援してくれた。ただそれは、彼女が謎解きの才に恵まれ、好奇心旺盛で面白い娘であったときの話で、今の彼女は、まもなく彼の妻となる身だ。同志としてはよくても、配偶者となれば許せないというのはよくあること。共通の目標に向かうパートナー同士の場合は互いへの敬意があり、相手に何かを求めるにしても〝要望〟となるが、夫が妻に対する場合は、〝命令〟になってしまう。

公爵は以前にも一度、殺人事件には関わらないという約束を彼女が破ったと言って責めたことがあった。ベアトリスはあのとき、目の前に転がっている死体の調査はしないと誓っただけで、依頼された事件は含まれないと反論した。なかなか苦しい理論ではあったが、別にかまわないとも思った。彼女の活動を制限する権利は、あのときの公爵にはなかったからだ。

だが今は違う。

妻である〝公爵夫人〟があやしげな場所に潜入したり、社交界の友人たちの秘密を暴いたりすることを彼が許さないのは当然だ。

ベアトリスは胸がつぶれるような思いで目を閉じ、深く息を吸って自分に言い聞かせた。今さら昔の事件を調べる必要はないんじゃないの。無理やり危険な調査に乗り出し、愛する人との結婚を破談にすることはないのでは？　両親は彼女を恨んだりはしないだろう。自分たちの育てた娘が思慮深く生き、社交界で認められるのなら本望だと言うのでは——。

待って。あのふたりはわたしを五歳までしか育てていないじゃない。ベアトリスの胸に怒りがこみあげてきた。そうよ。ジェフリーズに殺されたのはやむを得なかったですって？　なぜ戦わなかったの？　その結果、わたしがどれだけつらい思いをしたのかわかってる？　だからあなたたちは亡くなった時点で、娘の行動に意見する権利を放棄したのよ。

自分でもおかしな問答をしているとわかっていた。両親に代わって返答を考え、それに対して腹を立てるなんて。それなのにどうしてだか、両親と会話をしているような気分で愉快だった。

「これってもしかして、初めての親子喧嘩ってこと？」ベアトリスは苦笑いをすると、怒りがおさまっていくのを感じた。誰が何を望むかなど、もうどうでもよかった。レディ・アバクロンビーやケスグレイブ公爵、父と母、そして自分自身さえも。知らず知らずのうちに、真実の持つ重みに引き寄せられていた。これまでの二十年間、両親の死については、溺死をしたという事実しか知らなかった。そして今日初めて、ふたりが暴風雨のなか、小舟で漕ぎ出したらしいという話をレディ・アバクロンビーから聞いた。なぜ彼らはそんな無謀な行動に出たのか。ベアトリスは目をつぶり、こぶしを握りしめた。その真相を知らぬまま、これからの人生を過ごすのは絶対に耐えられない。

両親は大切なひとり娘をみなしごにしてもいいと思ったのか。自分はその程度の存在だったのか。そうは思いたくない。であれば、何があったのか、やはり確かめる必要がある。

大きく息を吐き出して目を開けると、そこには思いがけない人物の姿があった。

ケスグレイブ公爵だ。

「な、なんでここに。音楽会にいらしたのでは」

公爵はくだけた調子で言った。

「きみは前に言ったよね。プロポーズをする気があったら、外壁をよじ登り、きみの部屋に忍び込むくらいの熱意を示すべきだと」まるでお茶を飲むために、ちょっと立ち寄ったとでもいう感じだ。「だがそれなら、ぼくが通れるような窓を用意しておくのが筋だと思うが。残念ながらそこまで大きな窓がなかったので、玄関からこっそり入ってきたよ」

ベアトリスの心臓がぴょんと跳ね上がった。

もちろん、彼の姿に目を奪われたせいでもある。完璧な仕立ての礼装をまとったひきしまった身体、キャンドルの光を受けてきらめくブルーの瞳、彼女の驚く様子を楽しんでいる笑顔。だがそれよりも胸がときめいたのは、彼の発した言葉のせいだった。よくもまあ、そんな回りくどい口説き文句が言えるものだと。今日の午後に会ったときは、彼がどことなくいつもと違うように見えて不安になったが、そんな心配は無用だった。今の彼は、ベアトリスがよく知っている公爵その人だ。

「こっそり？」ベアトリスは眉をひそめてみせた。「それだけですか？　公爵さまの勇敢な行動をたったひと言で説明なさるなんて。いつもならうんざりするほど事細かにお話しされるじゃありませんか。玄関の鍵を開けるときの苦労とか、誰にも気づかれずに階段を上る最良の方法についてとか。もしかして、簡潔に説明するという方針に変えられたのですか」

ユーモアにあふれた切り返しだった。公爵はこの挑発的な愛情表現に耐えられず、ベッドに座っているベアトリスの横に腰かけた。

「とんでもない。お望みとあらば、錠前に関するぼくの膨大な知識を懇切丁寧に伝授してあげたいところなんだが。ただきみの叔母上が戻ってきて、自分も一緒に講義を受けたいと言いだしたら困るので」公爵は彼女の手を取って唇に当てた。

その瞬間、ベアトリスの胃のなかでふたたび蝶がひらひらとはばたいたが、思考は冴えたままだった。

「まあ、それを知ったら叔母さまはどれほど嘆くことか。公爵さまの大ファンなのですから」

「おやおや！」

勝ち誇った口調から満足していることはわかったが、彼がひと言で済ませたことにベアトリスは戸惑い、首をかしげた。

「どうも簡潔な表現がお気に入りのようですが、少し行きすぎではないでしょうか。

長々と講釈されるスタイルに戻られるのもどうかとは思いますが」

「そんなことより、何かあったんじゃないか。きみは今日、ぼくの訪問を待たずに出かけてしまっただろう」

ベアトリスは思わず笑ってしまった。なるほど、公爵はすねていたのか。

「わたしが好き勝手に行動するのが面白くないのなら、わかりました。これからはあなたがお見えになるまで、居間で一晩中でもおとなしく座っています。その際に本は読んでいてもよろしいのですか？　それとも、ただじっとお待ちしていたほうがご満足でしょうか」

「本当に口の減らないお嬢さんだな」公爵は楽しそうに言った。「ぼくが訪ねてくるのを待っていろと言いたいわけじゃない。だがトーントンの問題がどう決着したのか、少しは興味があるかと思っただけだ。昨夜舞踏室の向こうから、ぼくをにらみつけていただろう。もしかしたら、あのレディはきみじゃなかったのかな」

ベアトリスはわずかに顔色を変えた。レディ・アバクロンビーから両親の話を聞いたせいで、トーントン卿の件は頭からすっかり抜け落ちていた。

「いいえ、あれはわたしです。にらみつけたというより、面白くなかっただけです。

もう一度わたしたちが婚約するチャンスがあれば、パーティに出席している奥さま方全員のお相手をしていただかないと。おかげでトーントン卿が警察官にひっぱっていかれるのを見逃してしまいましたもの。それで彼は結局、暴れながら無理やり連れ出されたのですか？　お願いです。そうだったと言ってください」

公爵はすぐには返事をしなかった。やっぱり。トーントン卿がベアトリスを助けたという話が広まっていると聞いて、思っていたとおりに事は進んでいないようだと感じたからだ。

「無理やりどころか、そもそも逮捕されなかったのですね？」

驚くまでもない。オトレー氏を殺したスケフィントン侯爵夫人だって、地元当局に働きかけて処罰を免れたのだ。貴族であれば、人を殺してもやすやすと罪から逃れられるとはあまりにもひどい。とはいえベアトリスも、心のどこかでそうした結果を予想していた。

「つまり、こういうことでしょうか。トーントン卿が自分の言い分を主張し、治安判事は侯爵という彼の称号にたじたじとなって、その主張をうのみにしたと。実際、ウィルソンさんを殺害した証拠は一つもないですし。でもわたしを手に掛けようとした件についてはどうなんですか。公爵さまという目撃者がいらっしゃるのに」公爵が口を開きかけたが、ベアトリスは手を上げてそれを止めた。彼女を襲う直前に、トーントン卿が言った言葉を思い出したからだ。

「わたしと密会していたと彼が言ったのですね？　テラスで落ち合いましょうとわたしが彼に合図した。でもわたしは突然良心の呵責に襲われて逃げようとし、彼が追いかけて抱きすくめただけだと。いいえ」少し考えてから続けた。「良心の呵責ではないわ。判事はさすがにそんな話は信用しない。実際はその逆ね。むしろわたしは彼よりもっとすばらしい獲物――もちろんあなたのことです――がいることに気づいて作戦を変えたと。そしてトーントン卿ともめているように見せかけ、あなたが助けに入るように仕組み、あなたはまんまとその罠にはまった」公爵の目を見つめた。「どうなんです？　判事にとんでもない間抜けだと思われたご気分は」

「いや、判事ではない」公爵は笑みを浮かべた。「ラークウェルだ。この件は自分に任せてくれ、ここは自分の屋敷だからと言い張った。スケフィントン侯爵とは違い、ぼくが権威を振りかざしても絶対にひかなかった。彼とトーントンは昔からの遊び仲間で、若い頃は、ハザードのテーブルでよく一緒に大金を賭けていたよ。ラークウェルは警察官を呼ぶのを拒否し、トーントンの犯罪には耳も貸さなかった。きみとの婚約もなかったことにしろと、忠告までされたよ。トーントンのほうは、こんなことまで持ちかけてきた。彼はきみの悪巧みにしぶしぶ加担させられたが、結局はぼくに打ち明けた。すると怒ったきみが興奮して自分のドレスに火をつけたので、トーントンが勇敢にも消し止めた、そういう話にしようじゃないかと。もちろん断ったがね」

トーントン卿は何の責任もとらずに逃げ切ったというのか。スケフィントン侯爵夫人は少なくともイギリスから大陸に逃れ、異邦人のなかで暮らすという屈辱を味わっている。それなのにトーントン卿は、何事もなかったように暮らしているとは。正式な裁きとは別の方法で、彼に責任をとらせる方法はないものだろうか。先ほど公爵は、トーントン卿がギャンブル好きだと話していたけれど。

「このままで済ますわけにはいきません。賭け金が法外な額になるゲームを仕掛けることは可能でしょうか。ハザードかヴァン・テ・アンか……」ベアトリスの頭のなかで、作戦が具体化し始めた。「トーントン卿が負けるように仕向けて。名誉を何よりも重んじる紳士にとっては、トランプでのいかさまは許されないでしょう。

でも人の命を奪うほうが、よっぽど許されないのでは？」

「きみの気持ちはわかる」公爵がうなずいた。「だがぼくらがそこまで踏み込む必要はない。それにトーントンはすでに多額の借金を背負っている。彼とは少し前に話をつけてきたところだ。彼は二十四時間後にはロンドンから去り、さらに二十四時間後にはイギリスを離れているはずだ。ふたたびイギリスに現れるようなことがあれば、病弱な母親を含め、トーントンの一族全員が路頭に迷うことになるだろうと伝えた。ぼくがどれほどきみを愛しているか、彼もようやく気づいたようで、この条件に同意したよ。夜明けとともに出発できるよう、今ごろ必死になってかばんに荷物を詰め込んでいるに違いない」

ベアトリスは正義が為されたことにホッとすると同時に、公爵が自分と同じ思いだったと知って笑顔になった。

「さすがは公爵さまですわ。お見事としか言いようがありません」

ところが公爵は肩をこわばらせた。

「ミス・ハイドクレア。そんな甘い言葉をかけないでくれたまえ。ぼくが婚約したのは皮肉屋の女性なんだ。そうでなければ叔母上の忠告に従い、間違った婚約を解消しないといけない」

ヴェラ叔母さんたら、公爵にそんな忠告をしていたなんて。別に驚きはしないけれど。公爵が姪っ子との結婚にうっかり踏み切ってしまう前に、あらゆる選択肢を提示することが自分の義務だと思っているのだろう。それでもやはり悔しくて、ベアトリスは顔をゆがめた。

「なるほど！」公爵が叫んだ。

「何ですか？」

「叔母上はぼくにそんな忠告をしたくらいだから、きっときみにも余計なことを言ったんだな。今日の午後、きみが無口だったのはそのせいだろう。ぼくはきみの気を引こうとして、五種類もの新種のビーツを必死ででっちあげ――きみと違い、架空の人物や物を生み出すことには慣れていないからね。それでその五つを大きさの順に並べたんだ。それなのにきみときたら、顔を上げようともしない。だからさらに、ナイルの海戦に参戦したイギリス船の順番までわざと間違えて言ってみたんだ」

ベアトリスの胸が震えた。わたしを心配して、そんなことまでするとは。

「ビーツの話から海戦の話にいきなり移るのはさぞ大変だったでしょう」

「いや、でっちあげたビーツの品種の一つが〝オーデイシャス〟というのだったから、問題はなかった。さすがに叔母上は戸惑っていたがね。ぼくが戦艦の順番を間違えるとはと。でもマナーを大切にする女性だから、何も言わなかった」公爵は、平気な顔でずばずばと指摘をする、掟破りのベアトリスをからかったのだろう。

「さて、きみがぼくの話を聞いていなかった原因を教えてくれ。公爵家の使用人のことで、叔母上に脅されたのかな」

ベアトリスはびっくりした。彼の勘がここまで鋭いとは。

公爵は苦笑いした。

「実はね、ぼくもきみの叔母上から、公爵家には膨大な数の使用人がいて、きみが彼らを取り仕切るのは難しいだろうという話を聞かされたんだ。だからきみも同じ話を聞かされて不安になったのではと」それからにやりとした。「初めて会ったときから、ぼくはきみに、自分がいかに立派な人間かと繰り返し言ってきたつもりなんだが。今回使用人の数を聞いたことで、とうとうわかってもらえたというわけか。まあ、遅すぎるくらいなんだがな」

ベアトリスは彼の軽い口調がうれしかった。彼女の様子がどこかおかしいと気づき、安心させようとして、夜遅くにわざわざ訪ねてきてくれたのだろう。

「お気遣いいただき、ありがとうございます。でもわたしが不安になったのは、公爵さまが立派な方だと気づいたからではなく、むしろその反対です」彼の軽い口調に合わせて言った。「八人もの従僕を必要とするなんて、おひとりでは何もできない方なんだと知って」

「従僕が八人だって？」公爵が眉をひそめた。

「ええ、ロンドンのタウンハウスだけでも」ベアトリスが言った。「おそらくご領地のお屋敷には何十人もの使用人がいるのでしょう。そして優秀な彼らのおかげで、公爵さまの欠点が補われているのではありませんか」

すると公爵は突然立ち上がった。しまった。本気で怒らせてしまったのかしら。たしかにかなり挑発的だったかも。だが公爵は、彼女の手をつかんでやさしく引っ張った。

「さあ、立って」

ベアトリスはおそるおそる立ち上がった。

「何かお気に障りましたか」

「ああ、いろいろと問題がある」彼はやさしく言って、彼女の額にかかった髪の毛をそっと払いのけた。「きみのことが可愛くてたまらない。キスもしたい。だがまだ結婚していない。それなのにベッドが目の前にある。問題は他にもたくさんあるが、もっと続けようか？」

熱いまなざしに、ベアトリスの脚はがくがくと震えた。

「いいえ、その必要はありません。ちなみに、そうした問題はわたしからキスをすれば解決しますか？」

「どうかな。トーントンの家から馬車で帰宅したとき、きみの誘いにぼくがどれほど熱をこめて応じたかを思い出すと、かえって問題を悪化させるのではないかと心配だ」

公爵は両手で彼女の肩を撫でながら言った。

「まあ」ベアトリスは小声で言った。「意外と臆病でいらっしゃるんですね」

「なんだい。ぼくを挑発してキスをさせようとしているのかな」

彼女はにやりと笑い、身を乗り出して彼の唇にそっと口づけた。

「お気に召しましたか？」

「最悪だよ」彼はひと言発したあと、彼女の唇をむさぼった。

ベアトリスは抱きしめられる快感に浸った。なんて幸せなのだろう。自分はひとりぼっちではない。もっと強く抱きしめてほしくて、自分から彼の身体にしがみついた。

それでもまだ足りなかった。

いや、足りないどころではない。ベアトリスは公爵の襟《えり》に触れた。こんな邪魔なもの、取り払ってしまいたい。だがその手が公爵の肌に触れた瞬間、彼は苦しそうにうめき、キスをやめて一歩離れた。

「ベッドの存在がこれほど怖いと思ったことはないな」顔を上気させてつぶやく。

「あたたかくて、やわらかくて、心地よい。まるで手招きをしているようじゃないか。馬車でのキスのあと、よく逃げ出してくれたよ。あのままだったら、きみを自分のものにするところだった。今もまったく同じ思いだ。だが遅くとも来週中には、特別な許可を手に入れて結婚できる。叔母上からは、婚約期間を長くとるようにと提案されたが、叔父上のほうは待つ理由はないと言ってくれた。それと一応言っておくが、ぼくの従僕は三人だけだ」

ベアトリスは感動していた。彼の紳士的な態度だけでなく、キスの先に進めないことへの無念さも伝わってきたからだ。感謝を伝えようとしたそのとき、枕の横に重ねられた母の手紙が目に入った。

そうだ。今が最高のタイミングだ。彼に両親の事故の調査を始めると伝えなければ。

その結果婚約を破棄するか否かは、公爵自身が決めることだ。けれどもいざとなると、なかなか言葉が出てこなかった。このすばらしい瞬間を台無しにするのは、あまりにも口惜しかった。

馬鹿なベアトリス。臆病者は自分のほうじゃないの。

彼女の沈んだ様子を見て、公爵があわてて言った。

「ああ、その従僕だってきみが監督する必要はない。屋敷を含め、領地が円滑に運営されるよう、優秀な部下が大勢いるからね。もし気になる点があれば変えてもらってもかまわないし、問題がないと思ったら図書室に引きこもり、一日に二回だけ、食事のときに出てきてもらえばいいんだ」

まあ。ベアトリスは彼の愛の重みに耐えられなくなった。何か気の利いたことを言わなければ。だが口から出てきたのは、実に子どもっぽい言葉だった。

「好きです。公爵さまのことが世界で一番好き」

彼の顔が真昼の太陽よりも明るく輝いた。自分を抑えることができず、一歩大きく前に出ると、ふたたび激しい口づけをした。

だがすぐに顔を離すと、ドアに身体を向けてつぶやいた。

「これ以上、ぼくを誘惑しないでくれ。残念だが、最後まで紳士的でありたい」

ベアトリスは唇をとがらせた。

「こっそりと出ていくのに紳士的でありたい？　いっそのこと、堂々と階段の手すりを滑り降りたらいかがですか。使用人たちが見たら、さぞ目を丸くすることでしょうね」

彼はほほ笑んだ。

「それもいいな。実を言うとね、スケフィントン家の図書室で死体越しにきみと目が合った瞬間、ぼくは紳士的であることをやめたんだ。ちっとも後悔はしていないが。おやすみ、ベアトリス」ドアノブに手をかけて立ち止まると、振り返って付け加えた。「手すりを滑り降りる前に一つだけ。祖母がきみをお茶に招待すると言っている。明日の午後四時に来るようにと」

ベアトリスはその瞬間、身体の芯まで凍ったように感じた。あの厳格な公爵未亡人と向かい合ってお茶を飲む？　彼女はおそらく、レディ・ヴィクトリアを孫息子の嫁にと考えていたはずだ。比類なき美貌に加え、高い爵位と領地を受け継ぐレディ・ヴィクトリアは、ベアトリスに欠けているものをすべて持っていた。社交界では、公爵の理想的な妻になるだろうともっぱらのうわさだった。第八従僕を含む大勢の使用人をてきぱきと監督できるようには見えないが、もともと同じような環境で育っているわけだから、公爵夫人としてじゅうぶん務まるはずだ。

「ご招待というより、呼び出されたように聞こえますけど」

「何も心配することはない」公爵はあっさり言った。「ぼくはただ、きみとゆっくり話すのを祖母が楽しみにしていると言いたかっただけだ。それに祖母は、ぼくたちの婚約に反対しているわけじゃない」

「心配などしていません」彼女は即座に否定したが、内心しまったと思った。ぴしゃりと否定するのは、認めているようなものだ。「わたしはただ、公爵未亡人には立ち直る時間が必要なのではと思ったのです。レディ・ヴィクトリアとの婚約がだめになってしまったので」

「なるほど。それを知ったら祖母は感謝するだろうが、そんな気遣いはいらないんだ。両家の縁組についてのうわさが流れていたかもしれないが、実際にはそうした話は出たことがない。ぼくがヴィクトリアと一緒にいたのは、最初の社交シーズンで人気者になるのを手伝おうと思っただけだ」

「レディ・ヴィクトリアなら、公爵さまの手助けなどなくても、引く手あまたでしょう」

「彼女をずいぶん高く評価しているようだが、祖母のほうはそこまでじゃない。きみこそ、人物評価の基準を見直すべきじゃないかな」彼はにやりと笑った。「さて、どうやらぼくにまだ帰ってほしくないようだが、ご家族が音楽会から戻られる前に解放してくれたまえ。レディ・マージョリーのひどい歌を二十分も聞かされたら、最後まで残りたいと思う人はいないだろうからね。ではベア、また明日にでも会おう」

公爵は入ってきたときと同じように、音もなく部屋を出ていった。ベアトリスはぽかんと口を開けてドアを見つめていたが、やがてハッと我に返った。

「いけない。両親の調査のことを言い忘れてしまったわ。少し前まで、一番大事なことだと思っていたのに」

ベアトリスはよしと気合を入れると、デスクの前に座り、両親の事件の調査に取り掛かるべく、作戦をたて始めた。

5

翌日ベアトリスは、公爵との婚約が調査の足かせになるとあらためて気づかされた。バラ色の人生に踏み出すどころか、次から次へと新たな問題にぶつかり、それが無限に続くかのようだった。

この日は朝から、誰かしらが彼女をつかまえて声をかけてきた。まずは従妹のフローラだ。トーントン卿との一件について、ベアトリスが何か大事なことを隠していると確信しているらしい。

「ねえ、あなたはそれほど不器用でもないのに、なぜドレスに火がついてしまったの。どういう状況だったのか詳しく教えて」

根掘り葉掘り尋ねられているところに、ラッセルが現れた。彼はケスグレイブ公爵を〝完全無欠の紳士〟として崇《あが》めており、日々の参考にするために、公爵の習慣を教えてくれとしつこくせがんできた。最後は朝食の席でのヴェラ叔母さんだ。〝公爵夫人の心得について〟の講義を、いつのまにかシリーズ化したらしい。

「今日はシーツの話をするわね」

「シーツですか？」卵料理をのみこみながら、ベアトリスは訊き返した。

「そう。ベッドシーツのこと。公爵夫人が管理をするリネンは何百枚にもなるはずよ。それで最初はやっぱりシーツがいいと思うの」

公爵未亡人とのお茶会は午後の四時。その前になるべく調査を進めようと、ベアトリスは朝早くから動きだそうと決めていた。以前と同様にラッセルの服で男装し、使用人用の出口から抜け出すつもりではいたが、まずは、家を留守にする口実が必要だ。叔母さんは、テーブルクロスやタオルについても話をする気満々だから、貸本屋に行くぐらいでは許してくれないだろう。ここはやっぱり、レディ・アバクロンビーにご登場願わなくては。前々から、ドレスを作るなら任せてくれと言われていたからだ。けれどもそれは、叔母さんにとって何よりも苦々しい理由だった。叔母さんの顔がさっと青ざめた。

「困ったわね。あの方のけばけばしいセンスは我が家の流儀とは正反対なのに」

結局ベアトリスが家を出られたのは、十時半を過ぎてからだった。

出発が遅れたことにいらだちながら、ベアトリスはフリート・ストリートにある〈アディソン〉という店の扉を開けた。「新聞の博物館」と呼ばれるコーヒーハウスで、過去に発行されたほとんどすべての新聞が閲覧できる。店内は清潔で整然としており、注文用のカウンターの他に、大きな楕円形のテーブルがいくつか置かれていた。だが入った瞬間、男性客たちの視線にさらされ、警戒しなければと感じた。これまでなら、男装していることがばれても、彼女の正体を知る人間はこの辺りにはまずいなかった。けれどもケスグレイブ公爵の婚約者となった今、情報に通じている新聞記者たちなら気づくかもしれない。写真入りで報道されたら、公爵の顔に泥を塗ることになる。それだけは絶対に避けなければいけない。

カウンターに進み、一七九五年発行ぶんの〈デイリー・ガゼット〉を見たいと店員に頼むと、いかにも面倒そうな顔をされたので、ベアトリスは不安になった。閲覧料は古い新聞ほど高いはずだし、見開き一枚四ページの新聞だから、驚くほどの量ではない。しかたがない。待っている間に味わうのもいいかと、コーヒーを一杯注文した。

ひと口飲んで、思わず声を上げた。

「うわあ、苦い」コーヒーを飲むのは初めてだった。すると客たちが一斉に顔を向けてきたので、あわててカップに鼻を突っ込み、しばらくじっとしていた。

周囲の会話が再開されると、新聞が届くのを待ちながら、じれったそうに何度も時計を見た。まだ十一時過ぎとはいえ、公爵未亡人とのお茶会に、このままの格好で駆けつけるわけにはいかない。クローゼットの中で一番ましなドレスに着替え、髪もきちんと結い上げるとなると、最低でも一時間はかかる。もちろん遅刻は許されないから、余裕を持ってポートマン・スクエアを出発するとなると……。だめだ。時間が全然足りない。一年ぶんの新聞から役立ちそうな情報を見つけるのは、干し草の山から針を見つけるようなものなのに。

十分後、ベアトリスは店員が持ってきた新聞の山を見て、大きなため息をついた。大事な用事が入っている日に、この店に来たのは失敗だった。とはいえ、明日もまた調べに来るのは無理だろう。今日でさえ、やっとのことで叔母さんやいとこたちから逃れてきたのだから。

「公爵未亡人だって、何も急に呼び出さなくたって」

ベアトリスは浮かない顔でつぶやき、一番上の新聞を開いた。

ところが意外なことに、一時間もしないうちに探していた情報が見つかった。ジェフリーズ氏の詳細な経歴に続き、記事には以下のように書かれていた。

『ジェフリーズ氏は仲間の活動家たちとともに、我らがイギリスの平和と繁栄を脅かそうとしており、その拠点となる場所は、ホワイトフライアーズ・ストリートの三十九番地と判明した。そこで、親愛なる読者諸君に告ぐ。その近辺を歩く際には、とりわけ愛する妻子を連れている場合は、当該建物には決して近寄らないよう、心に留めておいてほしい。イギリス連帯ギルドの、神をも恐れぬ主張に毒され、これまで築いてきた道徳的基盤がゆらぐことのないように』

なるほど、目指すべき場所はホワイトフライアーズ・ストリートね。ベアトリスは目を輝かせた。ギルド自体は存在が違法とされ、十年以上前に解散しているから、そこでジェフリーズ氏と会えるとは思えない。それでも現在の住人が、彼に関する情報を持っているのではないか。

店員に行き方を尋ねると、眉をひそめながらも、東に三ブロック歩けばいいと教えてくれた。良かった。これから訪ねても、お茶会にはじゅうぶん間に合いそうだ。

うれしくなってつい無愛想な店員に笑顔を向けたあと、今のは男らしくなかったと反省し、チップのコインを多めにカウンターに置くと、小走りで出口に向かった。

レッド・ライオン・コートとブーヴェリー・ストリートを急ぎ足で通り抜け、目的の三十九番地に到着した。とんがり屋根の赤レンガ造りの建物で、ドアの上にアーチ形の看板がかかっている。〈ジェフリーズ・アンド・サンズ靴店〉

ベアトリスの心臓が跳ね上がった。

ジェフリーズ氏がこんなに簡単に見つかるとは。クラーケンウェル辺りの隠れ家を捜し、職人たちを一軒一軒訪ね歩くことを覚悟していたのに。ただ喜んだのも束の間、彼から情報を引き出す作戦をまったく考えていなかったと気づいた。

さて、どうしたらいいだろう。店の看板を見上げながら、ベアトリスはドアの前で立ちすくんだ。男装姿で店に入り、リチャードとクララの娘だと名乗るわけにはいかない。そもそもふたりは、自分たちが夫婦だと彼に伝えていなかったし、それぞれパイパーとバーロウという偽名を使っていたはずだ。

リチャード・パイパーの息子だと名乗り、幼い頃に亡くなった父のことを教えてほしいというのは？　だがクララが疑っていたように、リチャードがスパイだとジエフリーズ氏が知っていたらまずい。父や母の名前ははっきり言わず、彼らに関する情報を聞き出す方法はないだろうか。

新聞記者はどうだろう。一七九五年に施行された扇動集会法（急進的な議会改革運動を抑えつける目的の法律）について記事を書きたいとか。でも両親の話にはどうやって持っていく？ ピットのスパイというのは水面下の存在だから、一介の記者がその存在を知っているのはおかしい。政府の機密情報を入手できる立場の人間となると。といっても、今現在ではなく、すでに亡くなっているピットの時代だから――。

そこでハッとひらめいた。ピット氏の伝記を家族からの依頼で書いているというのは？ それなら、彼の論文や残された手紙を読んでいるはずだ。そのなかに、リチャードの名前や役割が書かれていてもおかしくはない。

レストンが著したピットの伝記は亡くなった直後の出版だから、新たな視点から書くと言えばいいだろう。

ベアトリスはドアの取っ手をつかんだが、その手が震えているのが、我ながら情けなかった。両親を殺した容疑者と対面することに怖気づいたのではない。両親について、何か知りたくない事実が明かされることを恐れているのだ。

〈ジェフリーズ・アンド・サンズ〉の店内は、ベアトリスがたまに訪れるコーンヒルのおしゃれな靴店〈ウッド〉とは似ても似つかなかった。床は幅広の板張りで、棚の上には靴の木型が整然と並んでいるが、装飾と言えるものは一つもない。椅子は二脚しかないから、客であふれることはまずないのだろう。長いカウンターには革や布が山のように積まれ、床に置かれた大きな瓶には、ペンチや千枚通しなどの道具が入っている。

そのカウンターの奥で、濃紺の上着を着た男が黒い革を手に取って、じっくりながめていた。全体に白髪交じりで、両脇の髪はずいぶん薄くなっている。茶色のエプロンを腰に巻いているから、〈ウッド〉で接客する店員とは違い、彼自身が靴を作っているのだろう。

ベアトリスが入っていってもすぐには気づかなかったが、やがて顔を上げると、笑顔で言った。

「ああ、いらっしゃいませ」カウンターの手前に出てきて続けた。「おや、いい靴を履いていらっしゃる。とても上質な革で、仕立てもいい。相当目が肥えていらっしゃるようだ。でしたらぜひ、我が〈ジェフリーズ・アンド・サンズ〉の靴もお試しいただきたい。ちょうど今、先ほど届いたカーフスキンの革を検品していたんですが、外羽根《ブラッチャー》の靴にはぴったりだと思います。ウェリントンにもいい。一週間ほどですばらしいブーツをお作りしますよ。追加の費用がかかりますが、急ぎでも大丈夫です。オプションもいろいろご用意して、あらゆるご要望に応えておりますので、どうぞ何なりとおっしゃってください」

どうしよう。ラッセルの靴のせいで上客に見られるとは思いもしなかった。客ではないと言いたいが、彼が不機嫌になって質問に答えてくれないのは困る。

ピットの伝記作家で、新しいブーツにも興味があるということにするか。

だめだ。足のサイズを測る際に女性だとばれるかもしれない。やはり率直にギルドの話を聞きたいと言おう。彼が動揺し、重要なことをぽろりと漏らす可能性もある。

そこで肩をそびやかし、ずいぶん慣れてきたテノールで言った。

「これは驚きました。何もかもが整理整頓され、あるべき場所に収まっている。イギリス連帯ギルドの創始者が店主だと聞いていたので、意外ですね。あの組織は、イギリス社会の秩序と安定をおびやかすことが目的だと思っていましたから」

ジェフリーズ氏の反応をじっとうかがった。上客かと喜んでいたら、自分の過去を突然批判されたのだから、おそらく小鼻をひくつかせ、いったい何を探りにきたんだと目をすがめるはずだ。

けれども彼は、いきなり笑いだした。

「おやおや、きみはゴブリンやトロールが悪さをした話を聞かされて育ったタイプだな。だがね、それは生意気な息子を躾《しつ》けるための作り話だ」黒い革をカウンターに戻し、腕を組んだ。「待てよ。もしや権威を振りかざす父親に向かって、学校なんてやめてやるとでも言ったのか？　それとも煙突掃除人に同情し、この国の法制度は、貧しさを理由に貧乏人を罰し、彼らをさらに苦しめるようにできていると言ったのかな？　それで親父さんに言われたんだろう。そんな思想にかぶれると、あの邪悪な急進派のジェフリーズのように、大逆罪で裁判にかけられるぞと。だがな、我々の目的は政府をひっくり返すことではなかった。すべての男たちが政治に参加できるようにしたかっただけだ。〝権力は闘争なしには決して屈しない〟という、賢人の言葉を聞いたことがあるだろう。今度もし、物乞いにパンのかけらを差し出して親父さんからこっぴどく叱られたら、この言葉を心に留めておくがいい。さあ、わかったらさっさと帰るんだな。ここは靴を売る店で、少年のための教育機関ではないんだ」

彼の話は最初から最後までユーモアたっぷりだった。ベアトリスが活動に興味を持ったことを怒っているわけではない。それどころかこんな話をするところをみると、かつての改革組織の創設者に教えを乞いたいと、たくさんの若者たちがたびたび訪ねてきているに違いない。

ようするに彼は、急進派だったという過去を隠すつもりはないのだ。それなら話は早い。

「おっしゃるとおり、ギルドに興味があってこちらに参りました。ただ学生でもなく、父親の言いなりになるほど幼くもありません。ジョン・ライトという者で、出版社の依頼を受けてお訪ねした次第です」出版社の名前を考えるために一息いれ、最初に浮かんだ名前を口にした。「ピット氏の伝記を書かないかと、シルヴァン・プレスから提案されたのです。ピット氏はあなたの組織に大いに関心があった。だからぜひ、お話を聞かせていただきたいと思いまして」

ジェフリーズ氏は今度はげらげらと笑った。

「あのなあ、作家を名乗るなら、商売道具の使い方をもう少し学んだほうがいい。ピットのイギリス連帯ギルドへの関心は、きみの言うような〝大いに〟なんてもんじゃない。何かにとりつかれたようだった。いや、常軌を逸していた。そしてそのために、自分の手先を送り込んで、我々の組織を変えようとしたんだ。ピット自身がこうあってほしいと思う、実際とはまったく違う暴力的な組織にね」

ベアトリスはびっくりした。どう話を進めたらいいのだろう。彼はピットのスパイ工作をとっくに知っていたようだ。しかも詳細に。

母クララの疑念は当たっていたわけだ。ジェフリーズ氏は彼女と父リチャードの正体を知っており、組織の会合にふたりが参加することを快く思っていなかったのだろう。

だがなぜ、愉快そうに笑ったのだろう。

ベアトリスを混乱させるためか。でもそんなことをするのは、相手が信用できないと思ったときだけだ。帽子の下の、地味な顔立ちの彼女をひと目見ただけで、クララかリチャードの面影を見たのだろうか。

ありえない。美男美女の両親にはちっとも似ていないし、当時から二十年もの歳月が流れている。それだけの年月が経ったら、ふたりのことは意識の端にちらりと浮かぶ程度だろう。

彼の陽気な態度が相手をまどわすためでなければ、笑った理由は一つしかない。ギルドに対してのスパイ工作など、どうでもいいと思っていたのだ。

ここで何と応じたらいいのだろう。もし本当にピットの伝記を書く作家だったら、目を輝かせる場面か。

「ジェフリーズさん、わたしがお話を聞きたかった理由はまさにそれです。ピット首相の知られざるエピソードの数々――伝記にはそれこそが不可欠ですから。今日はお訪ねして本当によかった。ちなみに〝手先〟と言うからには、彼らはやはりスパイだったのですか？」

「ああ、そうだ」ジェフリーズ氏は楽しそうに言った。「そこここに、政府のスパイが潜り込んでいたよ。少なくとも十人はいたな」

「十人も？」ピットが声をかけたのは、父親を含めてせいぜい二、三人だと思っていたのに。

「少なくともだ。実際はもっと多かっただろう。わたしは組織を運営するのに忙しかったから、全員を把握することはできなかった」

ベアトリスはゆっくりとうなずき、考えをめぐらした。となると、クララとリチャードのふたりを殺したところで、組織から〝スパイ〟を一掃できるわけではない。

「つまり、スパイが潜入していたことをあまり気にしていなかったと？　でもピット氏がギルドを弱体化させようとしたことは、決して見過ごせる問題ではないでしょう。あなたはすでに何度も反逆罪に問われたのですから」

ジェフリーズ氏はまた笑った。

「スパイだって大歓迎だったよ。誰であろうと、我々の集会に参加してくれれば、すべての男性が選挙権を得るべきだとわかってもらえる自信があったからね。思ったとおり、その〝スパイ〟たちのほとんどが、我々の主張の正しさに心を奪われた。わたしは今でも彼らの多くと連絡を取り、親しくつきあっている。実を言うと、妹の夫もピットの元スパイだった。そりゃあ、ブラックスフィールドのような男もいた。彼のことは知ってるかい？　ギルドを陥れるため、政府に対して武器を取るようにとけしかけた男だ。だがそうした企てが成功しなかったのは、ギルドが平和的な組織だったからだ。違法なことは何もしていなかった。だからピットはギルドを解散させるために、わざわざ新たな法律を作ったんだ」そこでゆがんだ笑みを浮かべた。「残念ながら、ギルドが求めたような議会の改善には至らなかった。ただそれでも、職人たちの小さな集団でも、法律を変えられると世間に知らしめたわけだ」

ベアトリスはただただ圧倒され、彼に畏敬の念を抱いた。ピットの汚いやり方に対する冷静な対応もそうだが、破壊工作の企てを、新たなメンバーを勧誘するチャンスと捉えるとは。

「なるほど、よくわかりました。伝記を書くうえで非常に有益なお話でした」でも両親の話にはどうやって持っていこう。「それにしても、政府がスパイとして見込んだ男たちが、ギルド側にやすやすと寝返ったとは知りませんでした」

ジェフリーズ氏は肩をそびやかし、少し怒ったように言った。

「〝寝返る〟という言葉は好きではない。彼らは感情で動いたわけではなく、みんな理性的な人間だった。ギルドの主義主張は、堅実で良識のあるものだときちんと納得した結果なんだ」

「身分の違う、つまり、あらゆる階層のスパイたちがギルドの主張に心を動かされたと？」良かった。いよいよというときに声が震えなくて。「たとえばリチャード・ハイドクレアは、ピット氏が個人的に声をかけて潜入させた人物でした。彼は上流階級《ジェントリー》でしたから、あなたの主張には抵抗があったと思いますが」

「リチャード・ハイドクレア？」その声に狼狽はみじんも感じられず、まったく知らないようだった。

ベアトリスは愕然とした。父親はそれほど記憶に残らない人物だったのか。

「はい。ピット氏の関係資料には、リチャード・ハイドクレアは、一七九三年五月に初めてロンドンの集会に参加したとあります」

「リチャード・ハイドクレア」ジェフリーズ氏は茶色の革の切れ端を取り上げながら、もう一度繰り返した。そしてゆっくりと首を振った。「いや、覚えていないな。だがさっきも言ったとおり、スパイを全員知っていたわけではないから。何年もの間と考えれば百人近くはいただろうし、動きを監視されにくいように、ギルド自体も全国で八十のグループに分かれていた。知っているほうが不思議なくらいだ。うん、だがきみの言いたいことはもっともだ。すべてのスパイを味方につけるのは不可能だった。たとえばブラックスフィールドは子爵ということもあり、すべての男性が選挙権を持つなど言語道断だと思っていた」

リチャードを知らないという彼の言葉を、ベアトリスは信じたかった。とはいえ、ジェフリーズ氏の刺すような視線について、クララが手紙に書いていたことが嘘だとも思えなかった。彼やその仲間は荒くれ者で、怒りっぽかったとも書かれていた。

「リチャードは偽名を使っていたからご存じなかったのでは」ベアトリスは食い下がった。「たしかパイパーと名乗っていたはずです。リチャード・パイパーと」

ジェフリーズ氏の顔にいらだちが走った。

「やけにしつこいな。知らないと言っただろう。そのパイ――」

彼はそこでハッと息をのみ、その顔がピンク色に染まった。

いや、ピンクではない。赤だ。近衛歩兵の制服のように、鮮やかな赤。

それがやがて紫色に変わるのを見て、ベアトリスの身体は氷のように冷たくなった。彼が父親を覚えていることは疑いようがなかった。リチャード・ハイドクレアは、ギルドの創設者に、明らかに強い印象を残したのだ。

二十年を経てもなお、震え上がらせるほどに。つまりふたりの間には、それほど恐ろしいことがあった。それは何だったのだろう。

やはり目の前にいるこの男が、両親の息の根を止めたのかもしれない。

ベアトリスはそのときの情景を思い浮かべた。土砂降りの雨の中、小舟の横に立ち、風にあおられてふらつく両親。ジェフリーズはその後ろに立ち、ふたりにピストルを突き付け、舟に乗るようにと命令している。クララは泣いて命乞いをしたのだろうか。リチャードは妻の手を握り、心配するなと無言でうなずいたのだろうか。波が荒くても、舟をうまく操る自信があるからと。

「ああ、そうだ。彼は……。そう、彼だ」言いよどむジェフリーズ氏を、ベアトリスは燃えるような瞳でじっと見つめた。意識の一部は、嵐の吹き荒れる川のそばに浮かんでいた。「ああ、彼ならよく覚えている。彼の〝友人〟であるバーロウ氏のことも」〝友人〟という言葉に、嫌悪感がにじんでいる。「パイパー氏がピットのために働いていたとは知らなかった。だがそれなら納得がいく。ピットは、ブラックスフィールドのように暴動をあおる男の他にも、ギルドの信用を失墜させようとして、危険な男たちを潜入させていた。不道徳きわまりない男たちを」うさんくさそうに鼻をつまんだ。「そう、男として不完全な」

ベアトリスは彼が何を言っているのかわからなかった。

男として不完全な？　たとえばケンタウロスのように、下半身が馬だとか。

「不完全な男とはどういう意味ですか？」

ジェフリーズ氏の頬の色は、燃え上がる炎のように真っ赤になった。

「ふたりは男色《ソドミー》にふけっていたんだ」彼は吐き捨てるように言った。

彼女の両親は男色家だった！　ひどく的外れな言葉を聞いて、ベアトリスは思わず声を上げて笑った。クララとリチャードは、いったいどれだけいちゃついていたのだろう。

そこでふと気づいた。二十年前、この部屋には、ひどく下卑た忍び笑いが広がっていたのではないか。ジェフリーズ氏の冷たい視線から逃れるために、母クララはどこに立っていたのだろう。店の一番奥にある棚のそばか、それとも窓際の隅に隠れていたのか。

クララはスパイだと疑われていたのではなく、リチャードと不適切な関係を持っていると思われていたのだ。スパイとしての正体を暴かれるという不安は、それこそ的外れだったのだ！

そうと知ったら、きっと声を上げて笑っただろう。今のベアトリスと同様に。その瞬間、ベアトリスはうれしくもあり、また悲しくもあった。人生で初めて、冗談や秘密を母親と分かち合っているように感じたからだ。

そして、自分がどれほど多くの喜びを失ってきたかをあらためて思い知らされ、心臓に大きな矢が突き刺さったような痛みを感じた。

ジェフリーズ氏は彼女をにらみつけている。これと同じまなざしを、クララも二十年前に向けられたに違いない。

「実におぞましい。絶対に許されないことだ」彼は重々しく言った。「極刑に値する」

ベアトリスも当然、男色が重大な罪とされていることは知っていた。五年前には、ヴェア・ストリートにあるモリーハウス（同性愛者の出会いを目的とした酒場。ゲイバーの原形と言われる）が警察の手入れを受け、男性ふたりが絞首刑になり、六人がヘイマーケットで手首を固定され、さらし者にされた。このショッキングな事件はあらゆる新聞の紙面をにぎわし、『ソドムの不死鳥』という本まで出版された。ベアトリスは、このホロウェイ氏の著作以外にもさまざまな報道を読んでいたので、ジェフリーズの、極刑に値するとの言葉にも驚かなかった。だがそうした行為は絶対に許されないものだろうか。プラトンは『パイドロス』の中で、男性同士の愛は魂を天国に帰す高尚な行為であると主張したし、アイスキュロスも、アキレウスとパトロクロスが情熱的な愛情で結ばれていたことに言及している。またアポロドーロスが編纂したとされる『ギリシャ神話《ビブリオテーケー》』の中では、タミュリスと美少年ヒュアキントスの恋人関係が好意的に描かれている。この件に関するプラトンの見解はのちに変化し、『法律』を書く頃には、こうした行為をかたくなに否定するようになったのも事実だ。とはいえそれは、いくらでも判断が変わりうる問題だと示したにすぎない。

だが、ここで反論して得になることは何もない。そこで気を取り直し、ジェフリーズ氏の怒りに同調することにした。

「おっしゃるとおりです！　不道徳きわまる、堕落しきった男たちです。いや、びっくりしました。ギルドの信用を失墜させるためにピット氏が、卑劣な策略を弄したとは知っていましたが、そこまで恥ずべきものだったとは。ピット氏の遺族から受け取った資料にその件は見当たりませんでしたが、わたしの本には必ず記載するつもりです」

ジェフリーズ氏は顔をほころばせた。

「そうしてもらえるなら実にうれしいよ。レストンの著作はギルドについて間違った部分がたくさんあった。まるで初めから筋書きが決まっていて、それに沿わない事実はすべて切り捨てているように思えた」

「商売上の取引でもあったんでしょう」ベアトリスは知ったかぶりをして言った。

「わたしは真実のみを書くつもりです」

「ありがとう」ジェフリーズ氏は礼を言ってから続けた。「きみはまだ若すぎて、あの状況の深刻さを正しくは理解できないだろう。だが組織を率いる者としては、メンバーたちに正しい品行を求めることも必要だった。勤勉で正直な男たちを堕落させるわけにはいかなかった。きみより若く、影響を受けやすい者も大勢いたからね。そこであのふたりを組織から追放することにした。幹部のなかには、断固とした厳しい処罰が必要だと言う者もいたよ。メンバーにはもちろん、地域社会に対しても、我々は健全な価値観を守る組織だと示すべきだと。ただわたしは、平和的な組織が暴力行為にでるわけにはいかない、それは我々の信念に対する裏切り行為だと主張した。それでも他の幹部たちは納得せず、なかなか結論は出ない。あのふたりが会合に参加しないでくれればと、それだけを願ったよ。そしてこのままでは組織が分裂するかもしれないと思い始めた頃、彼らは突然来なくなった。ああ助かったと、神に感謝したよ」

その口調から、ベアトリスにも彼の安堵感が伝わってきた。問題は、ふたりが突然来なくなった理由が、〝思いがけないこと〟だったかどうかだ。偶然にしては、少し都合が良すぎるのではないか。神のお恵みではなく、悪魔の手によるものだったのでは？

「どうしてふたりは来なくなったのでしょう」ベアトリスは穏やかな声で尋ねた。

ジェフリーズ氏は肩をすくめた。

「さあ。あのふたりは、自分たちが立派な組織にはふさわしくないと思う程度の良識はあったのかもしれん。あるいはわたしの非難の目に気づいたのか。ただ当時も今も、理由はどうでもいいんだ。彼らが我々の前から姿を消してくれれば、もうそれだけでありがたかった」

罪悪感はないように聞こえたが、もしかしたらこの難しい問題に手を焼き、ふたりが消えてくれればと誰かにさりげなく漏らしたのかもしれない。ヘンリー二世の場合、暗殺の命令こそ出さなかったものの、彼の意向を忖度《そんたく》した騎士が大司教トマス・ベケットを殺したように（一一七〇年、大司教を始末してくれるものはいないのかというヘンリー二世の言葉を指示だと受け取った騎士たちが、ベケットを殺害した）。そしてジェフリーズ氏の意向を知ったメンバーの誰かが、王の騎士たちと同様に、迅速かつ巧妙に、ハイドクレア夫妻を殺害したとか。

だがジェフリーズ氏に問いただしたところで、答えが返ってくるわけがない。

「本当に良かったですね」彼女は明るく言いながら、壁の時計に目をやった。「そろそろ戻らないとお茶会に間に合わない。パイパー氏たちは、何かまた別に打ち込むものを見つけたのかもしれませんね。できれば日を改めて、またお訪ねしてもいいでしょうか。本日は、伝記の執筆へのご協力をお願いしにきただけなので」

ジェフリーズ氏は間髪をいれずに答えた。

「もちろんだ。いつでも寄ったらいい」

「ありがとうございます。数日中に質問事項を書いた手紙を送りますので、お目を通しておいてください」

「ああ、待っているよ」

「感謝いたします。ちなみに、当時の幹部の方々にもお会いしたいので、どちらに行けばいいか――」

するとその瞬間、ジェフリーズ氏は肩をこわばらせ、いぶかしそうに目をすがめた。

「きみはピットの伝記を、どんな視点で書くつもりなんだ?」

さりげなく頼んだつもりなのに、何が気に障ったのだろう。

「ピット氏の真の姿を、偏ることなく描きたいと思っていますが」

ジェフリーズ氏は首をかしげて言った。

「いや、わたしの話では気にいらなかったんだろう。でなければ、他のメンバーを捜すわけがない」

「そんなわけがないでしょう。これほど親切にしていただき、真実を話してくださった。どれほどありがたかったことか」

ジェフリーズ氏は納得するどころか、激しく怒りだした。

「その通りだ!」彼はベアトリスの鼻に人差し指を突き付けた。「だがきみは、もっとけんか腰でつっかかってくるような荒くれ者を期待していたんだ。政府の転覆を企む暴力的組織という、ギルドのイメージに合うような男をね。ところがわたしは親切で正直者で、平和を愛する人間だった。そこできみは思った。こいつではだめだ。話が盛り上がらない。だから自分の書きたいイメージにぴったりの別のメンバーを見つけようと思った。それぐらいお見通しだ。レストンもそうだったからな」

「誤解です。わたしはレストンとは違う」ベアトリスは必死の思いで否定した。レストンのせいでとんだとばっちりを。「すでにできあがった筋書きを裏付けるために、都合のいい話だけを使おうとは考えたこともありません。どんな話もまっさらな気持ちで拝聴し、そこから自分なりに真実を見出し、物語を紡いでいく――それこそが伝記作家のだいご味だと思っています」

「やっぱりそうか！」ジェフリーズ氏は勝ち誇ったように叫んだ。

「何がやっぱりなんですか？」

「今きみは認めたんだ。自分の意見は左右される可能性があると。他の幹部たちの言動がわたしと違っていたら、たとえば語気が荒かったり主張が暴力的だと感じたら、ギルドに対する見方を変えるのではないかな。ライトくん、いくら否定してもだめだ。仲間の名前や居場所をきみに教えることはできない。レストンのときのような苦い思いをするのはもうこりごりだ。さあ、帰ってくれ」

何と言われようと、ベアトリスはあきらめるわけにはいかなかった。両親を殺した容疑者たちの名前を、あと少しで突き止められるのだ。見も知らない男の名前を汚したくはないが、ジェフリーズ氏を納得させるには、レストンを批判するしかない。「作家の風上にも置けないレストン氏とわたしを同等に扱わないでいただきたい。そもそも彼は文章力に問題があるし、内容自体もおそまつだ。政府と敵対する暴力的な組織としてギルドを描くことで、なんとか読者をひきつけようとしたのでしょう。ですがわたしのようなすぐれた作家に、そんな汚いやり口は必要ない」

「たしかレストンも同じようなことを言っていたよ。自分はすぐれた作家だと」ジェフリーズ氏は皮肉たっぷりに言った。「では、ごきげんよう」

ベアトリスは必死だった。

「幹部の方々がどんなに荒っぽくても、あなたの言葉に感銘を受けたわたしにとって問題ではありません。あなたの声明文や論文はすばらしかった」残念だわ。せめて一部だけでも読んでおけば、賛辞として引用できたのに。「主張がはっきりと伝わってくる。内容がすばらしいので、文章の粗さは問題にならないのです」

ジェフリーズ氏にご機嫌取りは通じなかった。

「ライトくん。これからも知っていることは何でも話してあげよう。だが当時の幹部たちの名前だけは教えるつもりはない。これ以上何を言っても無駄だよ」ドアに目をやった。「とにかく今日のところは、お引き取り願おう」

ジェフリーズ氏の意志は固いようだ。

ベアトリスはしかたなくドアに向かったが、悪あがきとわかっていながら、最後に尋ねた。

「出版社に原稿を提出する前に、必ずあなたの承諾を得ると約束したら？」

そこまで妥協するのは、伝記作家としてのプライドを捨てるに等しい。だがジェフリーズ氏は、ただ黙って彼女を見つめるだけだった。彼の冷ややかな視線の中、ベアトリスはゆっくりと店を出て、背後でドアがバタンと閉まる音を聞いた。

明日もまたこの界隈に戻ってきて、最初からやり直さなければいけないのか。ジェフリーズ氏に関する情報が簡単に見つかったのは、彼がギルドの創設者で、たくさんの記事に登場していたからだ。だが他のメンバーとなると、よほど運が良くなければ、新聞から情報を得るのは無理だろう。

それでも辻馬車に乗り込み、フリート・ストリートを通り過ぎたとき、ベアトリスはこぶしを固めた。何のこれしき。今すぐにでも〈アディソン〉に駆けつけ、新聞を一枚一枚調べられたらいいのに。ああ、公爵未亡人とのお茶会さえなければ。いったいそんなものに何の意味があるというの。どんなに礼儀正しく振る舞ったところで、あの公爵未亡人が、平凡な顔の年増女を快く家族に迎え入れようと思うわけがない。何も問題はないと公爵は楽観的に捉えていたが、彼女は頭のいい女性だ。結婚に反対して、可愛い孫息子に嫌われるような馬鹿な真似はしない。お茶会の間じゅう笑顔ではいるだろうが、さりげなく意地悪な小言を浴びせ、不愉快だとほのめかすはずだ。

突然ベアトリスは、毒針にでも刺されたかのように身をこわばらせた。ああもう、頭にくる。こうなったのも、公爵未亡人の責任じゃないの。孫息子のために有利な結婚をまとめようと十年以上も画策したあげく、結局失敗に終わったのだから。彼女がヴィクトリアとの縁談をしっかりまとめておけば、わたしはお茶を飲みながら、わざとらしい笑みを浮かべなくても済んだだろうに。

6

ベアトリスは今回のお茶会では、できるだけ堂々としていようと思っていた。初めて公爵未亡人の屋敷を訪れた前回は、メイド服に身を包んで、公爵と激しい口論をしていた。というのも、事件の調査のために練りに練った作戦を、公爵にぶちこわされたからだ。

だが公爵は公爵で、〝殺人事件には首を突っ込まない〟という約束をベアトリスが反故《ほご》にしたと腹をたて、彼女を祖母の家に無理やり連れていき、優雅な居間で激しく叱責した。

あのときベアトリスは、公爵の怒りに震えあがることはなかったが、借り物のメイド服を着た姿を公爵未亡人に見られると思っただけで、恐ろしさに身がすくんだものだ。

そして現れた老婦人は、鋭い目で彼女をながめ、こう声をかけたのだ。

「窓から離れたほうがいいわ。たしか二十六になるんでしょう。日光があたる場所に身を置くには歳がいきすぎているじゃないの」

さて今ベアトリスは、公爵未亡人に勧められた深緑色のソファに腰を掛け、あのときの言葉を思い出していた。たしかに彼女の肌は、美女の条件と言われるバラ色とは程遠く、日にあたって赤くなる夏以外は、いつも青白かった。叔母さんからはまるで蠟《ろう》人形のようだと言われていたほどだ。

だけど、不健康そうに見えて何が悪いというの。ベアトリスは老婦人を見返し、胸を張った。ハイドクレア家で二十年過ごしてきて学んだことがあるとすれば、厳しい評価を淡々と受け入れる方法だもの。

公爵未亡人の前でも、機嫌のよい仮面をかぶっておこう。どんなに手厳しいことを言われても、森にたたずむ樫《かし》の大木のように平然としていればいい。

とそのとき公爵未亡人が口を開き、ベアトリスの覚悟は砕け散った。

「あらまあ、すごく魅力的じゃないの。あなたのそのそばかす」

ベアトリスは顎が床に届くほど口をあんぐりと開け、危うく公爵未亡人の足元に身を投げ出しそうになった。

「このたびは残念なことになってと、ずいぶんたくさんの人に言われていたの。まるでダミアンが大変な借金でも抱えたみたいに。どうやらあなたの外見が気に入らないらしくて。地味でぱっとしないだとか、髪の色がくすんでいるとか。そんなことは結婚にはたいした問題ではないのに。だって部屋の装飾だったら華やかなほうがいいけれど、妻は違うでしょう。それにあなたの鼻の上に散っているそのそばかすは、とても可愛らしいじゃないの」

地味、ぱっとしない、くすんでいる。公爵未亡人が発した言葉は、どれも嫁入り前の娘には辛辣《しんらつ》すぎる。けれどもベアトリスは、実を言うと、自分のそばかすを可愛らしいと誰かが言ってくれる瞬間を、長いこと待っていたのだ。最初の社交シーズンに臨む際、自分の外見が十人並みだとはわかっていたが、そばかすのおかげで愛嬌があり、魅力的に見えるのではと期待していた。

馬鹿なわたし。大間違いもいいところだったのに。そして一週間もしないうちに気づいた。社交界に集う人たちは、相手を平面的にしか見られないのだと。ちょっと見方を変えれば、誰でもその人ならではの魅力を持っているのに。

だからこそ、今回思いがけず褒められたことで激しく動揺し、たっぷり二分間は、呆然として相手の顔を見つめるばかりだった。公爵未亡人のいらだった表情を見て、ようやく我に返った。いけない。何か気の利いたことを返さなければ。だが口から出たのは、情けないほどかぼそい声だった。

しかも口ごもってしまい、自分でも何を言っているのか聞き取れない。

公爵未亡人はぱっとしない外見は気にしなくても、面白味のない人間は許さないだろう。

ベアトリス、何か言いなさいよ！

そこでしかたなく、ユーモアのかけらもない、だが正直な思いを口にした。

「お褒めの言葉をいただき、大変光栄に存じます。つい動揺してしまいました。今回の婚約にはご不満だろうと思っていましたし。わたしは公爵さまにふさわしいとみなさまがお考えになるような人間ではありませんから」

「だけどあなたは、反論していたじゃないの」

やっとの思いで言葉を発し、発声には問題ないとホッとしていたベアトリスは、今度は聴覚がおかしいのではと不安になった。

「わたしが反論していた……ですか？」

「そうですよ。ダミアンがあなたをここに連れてきて、何だか知らないけれど文句をつけていたときよ。あなたは彼の非難をものともせず、それどころか彼のほうがおかしいと反論していたでしょう。わたくしはね、そうした夫婦関係こそが、結婚生活において何よりも大切だと考えているの」

まさかあのときの口喧嘩を聞かれていたとは。何週間も前のことだったが、ベアトリスは自分の激しい口ぶりを思い出して頬を赤らめた。

「申し訳ありません。わたしの声がそんな遠くまで聞こえていたとは知りませんでした」

公爵未亡人はそっけなく手を振った。

「謝る必要はありません。ダミアンはひどく威圧的で手に負えない子だもの。何でも自分のやり方を通したがり、放っておけば、太陽や月でさえ、自分の都合のいいように並べ替えることだってやりかねない。でも残念ながら、わたくしのような年寄りの言うことはもう聞こうとしないの。だけどあなたは、彼に逆らって調査を続けただけでなく、協力までさせたわよね。本当に賢いわ。ダミアンに必要なのはそういう、賢くて彼に立ち向かえるような女性よ。彼の言うことに何でもハイハイと従って、結果的に彼を早死にさせてしまうような無能なお嬢さんでは困るの。あの子がこれ以上傲慢にならないよう、手綱を締めてくれる女性と結婚してくれるなら、そんなうれしいことはないわ。ひ孫たちが美男美女でなくても、わたくしはちっとも気にしません」

ベアトリスは思わず拍手をしそうになった。公爵の傲慢さをなんとかしたいと思っていたが、まさかこんな近くに味方がいたとは。もちろん孫息子を溺愛しているはずだから、話半分に聞いておくべきだろうが。

そのときふと、違和感を覚えた。公爵とのいさかいをやけに詳しく知っているようだけど。廊下まで聞こえるほど大きな声だっただろうか。

そんなはずはない。つまり彼女は、ドアに耳をつけて聞いていたのだ。

「もしかして、全部お聞きになっていたのですか？」

公爵未亡人は平然と答えた。

「口論を誰にも聞かれたくないのなら、ダミアンは冷静に話すか、自分の屋敷にあなたを連れていくべきでした。周囲が気を遣って近づかないはずだと思うのは、ずうずうしいにもほどがあります」

たしかに。ベアトリスは即座にうなずいた。

「おっしゃるとおりです。今後はあのような真似はしないと肝に銘じておきます。公爵さまが何とおっしゃろうと」

「ええ、頼みましたよ」公爵未亡人はそう言ってからベルを鳴らした。「サットンにお茶を持ってこさせるわね。彼が部屋を出ていったら、この前の事件の真相を話してちょうだい。ほら、トーントン卿とのこと。あなたが松明でいたずらをしたとは思えないもの。悪いのは彼のほうだったんじゃないの？」

ベアトリスは、でたらめな話が広まっているのが悔しくてたまらなかったので、身を乗り出して言った。

「もちろんです。松明の火が身体についたのは彼のほうで、わたしがそれを消し止めたのです」

「やっぱり。あなたの活躍を最初からぜひ聞かせてちょうだい」

ベアトリスはうなずき、執事が紅茶のトレイを置いて出ていくと、公爵が関わった部分は適当に省きながら、実際に起きたことを簡潔に説明した。

「ただわたしが今回の事件の調査をしたのは特別なことなんです。アンドリュー・スケフィントンさんからどうしてもと頼まれたので。殺人事件に関わるようなことは、後にも先にもこれっきりです」

するど公爵未亡人は、眉をひそめて尋ねた。

「でもスケフィントンさんは常識のある紳士じゃないの。それなのにどうして女性のあなたに相談を持ち込んだのかしら。その道の訓練を積んだ人間ではなく。治安判事でも巡査でもいいでしょうに」

ベアトリスは曖昧に答えた。

「当局を巻き込みたくなかったのでは」

「でもロンドンには警察官だっているわけだし」

ベアトリスが同じ答えを繰り返すので、公爵未亡人は追及をあきらめた。

「そうね。無残な死を目の当たりにすると、ひどく動揺してきちんとした判断ができなくなるのでしょう」それから笑顔になった。「それにしても、あなたは大胆なうえにとても聡明なのね。やっぱりお母さまの血をひいているのでしょう。あの方も聡明で、ずいぶんご活躍されたとか」

ベアトリスは驚きのあまり、手にしていたカップを受け皿にぶつけてしまった。

「母が……何とおっしゃいましたか？」

「知らなかったの？　お母さまは冒険が大好きだった。ウェム伯爵もよく言っていたわ。彼女は〝何にでも挑戦したがる人〟だと」

「わたしの母をよくご存じなのですか？」

「いいえ。お仲間も違うから、あたりさわりのないことを二、三度話したくらいかしら。でも彼女はとても美しくて、気さくなところも人気があったわ。浮ついていると言う人もいたけれど、誰にでもあたたかかった。人を分け隔てしない方だったのね。いつだったか、舞踏会で彼女と同時にラタフィアのグラスに手を伸ばしたことがあって、そのとき彼女のブレスレットに目を奪われたわ。ハート形の輪っかがいくつもつながっていて、一つ一つにマーキスカットのサファイアがあしらわれているの。たしかハイドクレア家に代々伝わる家宝で、つねに身に着けていると言っていらしたわ」

　そんな話は初耳だ。両親のこととなると、叔父さんや叔母さんは貝のように口を閉ざしてしまう。母の写真は一枚だけで、小さくて色調も暗いから、鼻の上にそばかすが散っているかもわからなかった。

お母さまのことをもっと知りたい。ベアトリスははやる気持ちを抑え、穏やかな口調でさりげなく尋ねた。

「活躍したというのはどういう意味ですか？」

「単なるうわさ話だから、ダミアンは顔をしかめるでしょうけど」公爵未亡人はにやにやしながら言った。孫息子に隠れてこうしたおしゃべりをすることが楽しくてたまらないらしい。「それに情報源はブラックスフィールドだし。彼は相当問題のある男だから」

ブラックスフィールド？　どこかで聞いたような。ベアトリスは必死で遠い記憶をたぐり寄せようとした。遠い記憶？　違う。ごく最近だ。それどころかついさっき……。そうよ！　ジェフリーズ氏から聞いたんだわ！

「彼の話だからどこまで本当かはわからないけど」公爵未亡人は今度はウフフと笑った。「二十年以上前かしら。彼は首相のピットから、急進派の組織に潜り込んで情報を流すように頼まれたそうなの。つまりスパイにスカウトされたわけ。急進派というのはね、フランスみたいな革命をイギリスでも起こそうと考え、そのためには手段を選ばない、そういう危険な人たちよ」

公爵未亡人は大げさに身震いした。まるで、オックスフォード・ストリートにギロチンが設置されそうになったとでもいうようだ。

「ブラックスフィールドはレディたちに自慢していたわ。自分が身の危険を顧みずに潜入したから、イギリスの君主制が保たれたのだと。そこまで大きな貢献をしたかは疑問だけど、ある程度はそうなんでしょう。そしてあなたのお父さまも同じ仕事をしていた。お母さまは自分から急進派の会合に参加したそうだけど、わたくしはピットがクララに依頼したとしても驚かないわ。彼は女性を危険な目には遭わせないとか、そうした配慮をまったくしない、自分さえ良ければという人間だったから」

母の手紙には、自分の考えでギルドに潜入したとあったので、その点ではブラックスフィールドの話は正しく、彼が信頼できない情報源とは言えない。けれども、任務が危険だったというのは、ジェフリーズ氏の話とは違う。

となると、ジェフリーズ氏の話もうのみにしてはいけないのだろう。レストンが自分の筋書き通りに事実を変えたと不満を漏らしていたが、彼自身も同じようなものかもしれない。でなければ、あっさり仲間たちの名前を教えただろう。

果たしてギルドは、イギリスの君主制を崩壊させようとする暴力的な集団だったのか。それとも、イギリス社会に変革をもたらそうとする平和的な組織だったのか。とはいえそれは、ベアトリスにとってはたいした問題ではなかった。知りたいのはただ一つ、両親がなぜ死ななければいけなかったのかだ。ギルドは政治的には穏健な組織だったかもしれないが、同性愛者には厳しかった。そしてその結果、リチャードとクララを、闇に葬り去ったのだ……。

それでもベアトリスは、公爵未亡人の話に対して、大きく目を見開いてみせた。自分の親がスパイだったと聞いたら、こう反応するしかないだろう。

「まあ。父だけでなく、母まで危険な場所に潜入するなんて。そのイギリス――」

まずい。公爵未亡人は組織の名前を言わなかったのに。

「ええっと……その、イギリスを脅かす急進派の組織に」

公爵未亡人は不審に思うこともなくうなずいた。

「そうよ。とっても大胆な方だった。スパイは他にも何人かいたらしいけど。ブラックスフィールドは他のスパイのことを何て言っていたかしら。たしか……」二十年ほど前に子爵から聞いた話を思い出そうとしてか、顎に手を当てた。「そうそう。自分ほど本気で使命を果たそうとはしていなかったって。きっと彼らを見てカッカしていたんでしょう。あの人は若い頃はすぐに頭に血がのぼって、誰彼なしに喧嘩をふっかけていた。今は歳を重ねて上質な赤ワイン《クラレット》のようにまろやかになったけど。ああ、もっと詳しく思い出せればいいのに。ただお母さまがスパイというのは、わたくしが抱いていたイメージにぴったりだと思ったのは覚えている。とにかく、おふたりともみんなに好かれていたわ。だからあなたは、ご家族や家柄のことで恥じる必要はまったくありませんよ」

公爵未亡人はそのあと、ある舞踏会でクララが身に着けていたダチョウの羽根は、デヴォンシャー公爵夫人の羽根よりも五センチは長かったなどというゴシップをいくつか話してくれた。事件の調査には役に立たなかったものの、ベアトリスにはとてもわくわくする話でもあった。

また家柄の話題が出たことから、ケスグレイブ一族の分家を含む家系図にまで話が及んだ。初代のマトロック氏は、一三八一年に起きたワット・タイラーの乱（農民の反乱）の鎮圧に貢献したため、爵位を得たという。二代目は哲学者トーマス・ホップズの後援者《パトロン》だったそうだが、この公爵の話が思いのほか長く、時代があまり進まないうちに、現在の第六代公爵ダミアンが現れた。

ベアトリスはドアを開けた彼のハンサムな姿を見た瞬間、胸が痛くなるほどの幸福感に包まれた。

彼は祖母の頬にキスをすると、女性たちの話題の内容を確認し、ベアトリスが楽しそうにしているのを見てホッとしたように笑った。どうやら、退屈すぎて彼女が息も絶え絶えになっているのではと心配していたらしい。

「おやおや、まだ二代目がバミューダ諸島を植民地にした頃の話ですか。ベアトリス、よくもまあ、祖母の歴史の講義に文句を言いませんでしたね。ぼくが何か説明しようとすると、必ず反発するのに」

「いいえ、とても楽しいお茶会ですわ。それにあなたがわたしたち下々の人間を高い場所から見下ろされる理由がよくわかりました。ご立派なご先祖さまがたくさんいらしたのですものね」

公爵はベアトリスの隣に座ると、我慢できずにその手にキスをして彼女を困らせた。公爵未亡人はその様子を満足そうにながめている。そのあと公爵は、昨日祖母がいとこのジョセフィーヌと散歩に出かけた際、無理をしすぎたことをとがめた。

「あら、ハイドパーク・コーナーからケンジントン・ガーデンズまではたいした距離じゃありませんよ。あれぐらいで無理をしすぎだと言うなら、あなたこそ、今すぐスタフォード医師に診てもらうべきですよ」

公爵未亡人は孫息子にお茶を注いでやったあと、さらに三十分ほど、一族の歴史について話し続けた。そして王座裁判所の首席裁判官やらアイルランド卿やらと、ご先祖たちの大層な肩書を述べたが、そこですかさずケスグレイブ公爵が口をはさんで、それは公会議議長や大蔵卿だと訂正した。ベアトリスは首をかしげた。共有する歴史についてふたりの記憶がこれほど違うのはおかしい。もしかしたら公爵未亡人は、孫息子を挑発して話に巻き込むため、わざと間違えているのではないかしら。だとしたら、ふたりは同類のような気がする。

公爵はベアトリスを送る馬車の中でもその話を続けた。

「マトロック家の先祖は立派な人間ばかりだと思ったかもしれないが、結構堕落した人間も多かったんだ。だからきみは何も引け目を感じる必要はないよ」ユーモアたっぷりに瞳を輝かせて言った。「重要な官職についていた人間が、きみの先祖に六人もいないからといってね」

「はい。でもおばあさまは、あなたに引け目を感じてほしくないと思っているのでは？」

ベアトリスは、彼が話し続けてくれていてありがたかった。ブラックスフィールド卿のことをゆっくり考えられるからだ。公爵未亡人の話からすると、彼が両親と一緒に活動していたのは間違いない。母の手紙にも、スパイ仲間のひとりがギルドのメンバーに暴動をあおり、父が心配していると書かれていた。ブラックスフィールド卿がその男なら、ジェフリーズ氏が隠していた幹部たちの名前を教えてくれるはずだ。調査は行き詰まったわけではない。

ただ彼は両親を気に入っていなかったようだから、ハイドクレア夫妻の娘だと明かすのはまずいだろう。どういう立場で近づくか、もう少し彼の情報を集めたほうがいい。

ヴェラ叔母さんに訊いてみてもいいかもしれない。叔母さんはゴシップは嫌いだが、意外にもさまざまな情報を入手する才能がある。もちろん、レディ・アバクロンビーも有益な情報源になるはずだ。

ベアトリスは、次に進む方向がわかってホッとした。そこで顔を上げると、公爵が彼女をじっと見つめている。

まずい。彼はいつ話をやめたのだろう。

会話がどこで途切れたのか見当もつかず、罪悪感がこみあげてきて、まるで馬車がでこぼこ道を進んでいるかのようにむかむかしてきた。いま彼女には秘密があり、それを守ろうとするあまり、彼との間にはっきりした溝を作ってしまったのだ。

頭の中で小さな声がうながした。彼に全部打ち明けてしまいなさい。何も心配はいらないから。

それはとても簡単なように思えた。

両親の事故死に疑問点があるから、真実を突き止めなければいけないのだと。

公爵が理不尽な男でないのはわかっている。実際、最初の頃は、尊大な態度や知識をひけらかすところよりも、理性的な態度のほうにいらいらさせられたものだ。

とはいえ、〝愛情〟がからむとそう簡単にはいかない。公爵は彼女を支配することで満足感を覚える男ではないとわかっているが。ベアトリスはまたしても胃がむかむかしてきた。彼と婚約したことで、自分ひとりでは何も決められなくなってしまったのか。

だめだ。危険をおかすことはできない。

公爵は彼女を不思議そうに見たが、結局は何も言わず、ポートマン・スクエアまでの小路を並んで歩きながら、実にいい天気だねと言っただけだった。やがて戸口に着くと、馬車が着いたのを見張っていたのだろう、すぐにヴェラ叔母さんがドアを開けた。

公爵が笑顔で言った。

「祖母が待っておりますので、これで失礼します。ミス・ハイドクレアのことをいろいろ話したいだろうと思いますから」

叔母さんはうなずいた。

「わたしども家族一同、奥さまのことをお気遣いしておりますとお伝えください」

気遣うですって？　そういえば今回の婚約について、このたびは残念なことでと、たくさんの人から声をかけられたと公爵未亡人が言っていたっけ。叔母さんが続けた。

「本当にお気の毒ですわ。まさかベアトリスとこんなことになるとは思いもよらなかったでしょうね」

「とんでもありません」公爵が応えた。「それどころか、これ以上ないほど喜んでいます。ミス・ハイドクレアはとても魅力的なお嬢さんだと褒めちぎって。以前彼女と初めて会ったあと、すぐにプロポーズをするようにとぼくに勧めたくらいですから。それどころか、この縁談は自分が仕組んだことだと満足そうにしていますよ。ですからお気遣いは無用です」

公爵未亡人がプロポーズを勧めた？　ベアトリスは眉をひそめた。

「おや、疑っているのかい？」公爵はやさしく彼女に尋ねた。

ベアトリスは首を横に振った。口喧嘩は円満な結婚生活に欠かせないと公爵未亡人は言っていたから、ベアトリスが公爵に反論するのを聞いてそう考えてもおかしくはない。

だが公爵は不安そうにベアトリスを見つめている。いつもとは違い、馬車の中で彼女がほとんど話さなかったのがやはり気になっているようだ。

結局彼は、またすぐに訪ねてくると約束をして帰っていった。するとヴェラ叔母さんは、すぐに着替えてくるようにと姪っ子をせきたてた。一時間もしないうちに、ラルストン夫人が娘のアメリアとエスターを連れてディナーに来るという。

「ラルストン夫人をお招きしたのですか?」ベアトリスは驚いた。ヴェラ叔母さんが誰かを招待することはめったにない。女主人《ホステス》としてゲストをもてなすのは苦手で、〝およばれ〟するほうがずっと楽しいと日頃から公言している。もちろんベアトリスは、本音のところは、そのほうがお金がかからないからだとわかっていた。

「ええ、そうなの」叔母さんはため息をつきながら、ベアトリスを階段のほうへ押しやった。婚約が決まってまだ数日しか経っていないというのに、すでに今までの暮らしとはがらりと変わってしまったという。公爵家と縁続きになると、さまざまな社会的義務が生じ、逃れる方法はいっさいない。ラルストン夫人からディナーに呼んでほしいと何回も迫られ、叔母さんはしかたなく招待状を送るしかなかったそうだ。

階段を上りながら、ラルストン夫人がどれほどしつこくて大変だったかを叔母さんはくどくど訴えていたが、踊り場に着いたところで言葉を切った。まだまだ愚痴を聞かせたいけれど、着替えもさせなければと迷っているらしい。待ち構えていたメイドに時間がないと言われ、残念そうに姪っ子を解放した。

身支度を終え、居間に入ったベアトリスは、ラルストン夫人とふたりの娘たちがいかに退屈な人間だったかを思い出した。ラルストン夫人は社交界の情報には誰よりも詳しく、それを使って権力のある人間に近づこうと考えていた。つい最近も、ブランメルの借金がかさんでいる話を面白おかしく王女に聞かせ、彼が債権者から逃れるためにロンドンを去る日も遠くはないと言ったところ、その話がよほど気に入られたのか、ブライトンにある離宮《ロイヤル・パビリオン》に招待されたという。そして今回ハイドクレア家を標的にしたのは、公爵とベアトリスの婚約というよりも、スケフィントン侯爵夫妻が突然ギリシャに逃亡した理由を聞き出そうと考えたからだった。夫妻が主催したハウスパーティにヴェラ叔母さんが招待されたと耳にしたらしい。だが彼女は、ヴェラ叔母さんの口の堅さを知らなかった。叔母さんは自分の家族を下品なゴシップに登場させることは、絶対に許さなかった。夫妻の事件で、ベアトリスが重要な役割を果たしたといううわさが広まったら一大事だ。とはいえ、ラルストン夫人はゴシップ通だけあって、ベアトリスとトーントン卿の一件についても疑っているようだった。ベアトリスのドレスに松明の火がついたという話は、あまりにも嘘くさい。ここは上手に追及して、面白い話を手に入れてやろうと乗り込んできたわけだ。だが夫人がどんなに問いただしても、ベアトリスは要領を得ない返事しかしない。何より、将来の公爵夫人に気に入られようとする自分の娘たちに邪魔をされてしまった。母親と違ってアメリアとエスターは、ただ影響力のある有名人と親しくなりたいだけだった。ふたりは社交デビューしてからの二年間、ベアトリスには目もくれなかったはずだが、以前から彼女の独特な雰囲気が好きで、ずっと憧れていたのだと競うようにして語った。

「あれはサーストン家のパーティでしたわよね？」求婚者に媚びを売るような笑みをアメリアが浮かべた。薄いブラウンの瞳にバラ色の頬、形の良い眉をした可愛らしい女性だ。多くの紳士を虜《とりこ》にしてきたのは間違いない。「レディ・マルシャンがサー・クリフォードの印章指輪《シグネット・リング》に手袋を引っかけたときのこと。あわてて手を離したら、青磁の花瓶がひっくり返ってひびが入《クラッキング》ってしまって。それでみんな一瞬青くなったけど、そのときエスターが『めちゃくちゃ楽しい《クラッキング》わ』と言って、誰もが大笑いしたのよね。ミス・ハイドクレア、覚えていらっしゃる？」

ベアトリスは失礼のないように笑顔でうなずいた。サーストン家のパーティに招かれたことは一度もないが、叔母さんも目配せをしているし、ここは礼儀上、彼女たちと思い出を共有していることにしなければ。それに、未来の公爵夫人に気に入られようと必死になる彼女たちを責める気にもならなかった。揺りかごにいるときから、そうするように教えこまれてきたのだろうから。あまりにもわかりやすいので、かえって愉快になるほどだ。

ディナーのあとホーレス叔父さんは葉巻を吸いに席をはずし、他のみんなは居間に移動してお茶を飲んだが、ラルストン一家とのおしゃべりにもベアトリスはだんだん飽きてきた。ジェフリーズ氏から仕入れた情報をゆっくり考え直すために、ひとりになりたくてたまらなかった。

男ふたりが関係を持っているほうが、ブラックスフィールド卿がメンバーたちに暴動をけしかけたことよりも許せないとは。それにしても、ブラックスフィールド卿と会うにはどうしたらいいかしら——。

そこでベアトリスはハッとした。いやだわ。すぐそばにラルストン夫人が、社交界でも指折りのゴシップ通がいるじゃないの。うれしくなって顔を上げると、十の瞳に見つめられていることに気づいた。

叔母さんがとがめるように言った。

「アメリアが訊いているじゃないの。新婚旅行にはどこへ行く予定なのかと」

ベアトリスはぽかんと口を開けた。新婚旅行？　そんなこと、人生で一度も考えたことはない。社交界デビューに向け、あれもしたいこれもしたいと夢でいっぱいだった頃でさえ、新婚旅行の行き先など考えもしなかった。

隣に座っていたフローラが、従姉の手をやさしく叩いた。

「公爵さまと相談はしているけど、まだ決まっていないのよね」

アメリアはうなずいたが、この話題はもうおしまいだというフローラの意図には気づいていなかった。

「そうですよね。公爵さまなら世界中どこへだって行けますもの。でしたら、どのあたりが候補に挙がっているか教えてくださいな。イタリア？　それともギリシャかしら」

うまく質問をかわしたと思っていたフローラは、さらなる突っ込みをかわすことはできず、しかたなくベアトリスに視線を送った。

ベアトリスのほうはいらだっていた。話したいのはこんな話題じゃない。

「ええ、おっしゃるとおりイタリアとギリシャです」そっけなく答えて、ラルストン夫人に顔を向けた。「あの、ブラックスフィールド卿ってどんな方ですの？」

突然話題を変えるのはとても失礼なことだ。当然、ヴェラ叔母さんは肩をこわばらせた。なんて無礼な娘だと、ラルストン夫人が怒鳴るのを覚悟したのだろう。だが夫人は不機嫌になることもなく、さらりと答えた。

「ブラックスフィールドはね、かなりいわくつきの男よ」

「ベアトリスったら。どうしてブラックスフィールド卿のことなんか？」

ヴェラ叔母さんはひきつった笑い声を上げた。やっぱり姪っ子は変だ。レイクビュー・ホールの図書室で死体を発見したり、かつての恋人が事故で亡くなっりしたことで、頭も心もおかしくなっているに違いない。

ベアトリスは叔母さんを無視して、ラルストン夫人に言った。

「実はもうすぐわたしの祖母になる方と、つまり、ケスグレイブ公爵未亡人と」そこで一呼吸置き、三人のゲストとひとりずつ目を合わせ、まもなく自分の身内となる女性がいかに高貴な人物かを、あらためて思い出させた。「ご一緒にお茶を飲んだとき、ブラックスフィールド卿がわたしの両親の友人だったと聞いたものですから。両親はあまり友人がいなかったようなので、奥さまが何かご存じだったらと思って。おかしな質問で驚かれましたでしょうね」

ラルストン夫人はクスクスと笑った。

「何を言っているのやら。ご両親はおふたりとも、社交界ではとても人気があったのよ。お母さまはレディ・アバクロンビーとはもちろん、パーミティガン夫人とも仲が良かったわ。パーミティガン夫人は、一流の人たちだけを招待した文学サロンを主催していたの。わたしも何度か参加しましたよ。それからレディ・セリア。今はたしかポーター夫人だったかしら。彼女は身分の低い男性と結婚したせいで勘当されてしまったの。そうそう、お母さまには男性の崇拝者がたくさんいたわね。ニューソン氏はろくな詩も書けないくせに、彼女の美貌を讃《たた》えるソネットを書いたりして。チャールズ卿なんか、お母さまの気を引こうとしてハイドパークの柵を飛び越えようとしたのよ。だけど転んでしまって、ティスデール公爵に怒鳴りつけられたの」そのときのチャールズ卿の惨めな様子を思い出したのか、あらためて楽しむかのように笑みを浮かべた。「お父さまのリチャードはいつもにこやかで気さくだった。ウェム伯爵とは特に仲が良かったわ。伯爵の領地があなたのご実家の隣にあって、幼馴染みでもあったし。お母さまも伯爵とは親しくしていたわ。でもブラックスフィールドと接点があったとは聞いたことがないわね。彼は幸せな結婚生活を送っている女性にちょっかいを出すタイプではなかった。そんな暇があれば、既婚未婚にかかわらず、自分になびきそうな女性をおとして満足感を味わっていたわね」

ベアトリスは卿の恋愛方面の話に興味はなかったが、ラルストン夫人には自由に話してもらったほうがいいとわかっていた。どんな情報でも無駄にはならないはずだ。多く知れば知るほど、戦略の選択肢も増える。

「おとすですって？」興味津々といった感じで夫人に尋ねた。

「ええ、そうよ」ラルストン夫人は楽しそうに言った。「ある意味で、ブラックスフィールドはとても魅力的だった。いつも帽子に羽根を集めている（自慢になるような話をためこんでいるという意味）人なの。あら、考えてみると文字通りの意味でもあるわね。ミス・エンブリー・デニスなんて、ボンド・ストリートの真ん中で、ボンネット帽の羽根飾りを欲しいと言われて彼に渡したんだもの。でも結局ふたりの婚約は発表されなかった。あれはもう二十年以上も前の話だけど、彼はいまだに同じやり方を繰り返しているわ。愛の証として、女性たちが大事にしている物を手に入れることに喜びを感じているわけ。夫とうまくいっていない女性に手を出すのも好きだった。ギブンホール夫人のパーティで、わたしの友人のデリアから扇子を受け取っていたわ。関係があるという証拠だから、彼女のご主人はひどく怒っていたけど」

ヴェラ叔母さんの真っ青だった顔は、やがて真っ赤になった。浮ついた話に、姪っ子が身を乗り出して聞いているのが恥ずかしくてたまらないのだ。どういうつもりなのかしら。ブラックスフィールド卿の破廉恥な話なんて、ベアトリスには関係ないでしょうに。そこで突然、ラルストン夫人に尋ねた。

「金曜日のスターリング卿の舞踏会には出席されますか？　なんでもレモン・アイスが出されるそうですよ」めったに食べられないようなごちそうだとでも言わんばかりだ。「それに、ええっと……グースベリーのプディングも！」

ベアトリスは笑わないように唇をかんだ。さすがはヴェラ叔母さん、なんて大胆な話題転換だろう。

「すてき。叔母さまはグースベリーのプディングがとてもお好きですものね」そう言ってにっこり笑ったあと、ラルストン夫人に尋ねた。「ブラックスフィールド卿の政治的なお考えはどうだったのでしょう。議員でいらしたのかしら」

「ええ。彼が議員になったのは一八〇九年だった」夫人は正確に覚えていた。「グリホーの戦いの直後だったから覚えているの。彼の妹のご主人が戦死したので、軍隊の装備をもっと強化すべきだと憤って。そういえばヌニートン子爵が議員になったのと同じ年ね」

ベアトリスはヌニートン子爵の名前を聞いてびっくりした。レイクビュー・ホールのハウスパーティで出会った彼は、そのあと彼女にとって、信頼できる数少ない友人となった。その彼の名前が、どうしてここで挙がるのだろう。

「ヌニートン子爵ですか？」

ラルストン夫人は愉快そうに説明した。

「ご存じなかったの？　ヌニートン子爵のお父さまは、ブラックスフィールドのお義兄《にい》さまなのよ。ポルトガルで亡くなったけど」

ベアトリスはゆっくりと首を振った。

「いいえ、ちっとも。つまりブラックスフィールド卿は、ヌニートン子爵の叔父さまにあたるわけですね。おふたりは親しいのですか？」

「それなりにね。二週間ほど前も、劇場で一緒にいるのを見たわ」

なんてグッドニュースだろう！　ヌニートン子爵なら、お願いすればブラックスフィールド卿に紹介してくれるはずだ。

「ブラックスフィールド卿のタウンハウスはどの辺りなんでしょう。奥さまは本当にいろいろとご存じで――」

そこでヴェラ叔母さんがいきなり叫んだ。

「トライフル！」その直後、ゲホゲホと大きく咳きこみ、目を白黒させた。

ラルストン夫人が声をかけた。

「何かお持ちしましょうか。ワインでも？」

叔母さんは胸を叩いて落ち着くと、言葉を続けた。

「スターリング卿の舞踏会では、トライフルも出るそうですわ」

「まあ、デザートがそれほどお好きだとは知りませんでした」ヴェラ叔母さんの頓珍漢な言動に、ラルストン夫人の目がきらりと光った。

ベアトリスは気づいた。ははあ。あとでネタにするつもりなのね。だが叔母さんも負けてはいなかった。

「ええ、甘いものが大好きで。ケーキもプディングもパイも、スターリング卿の舞踏会では全部楽しめるそうですわ」それから、使用人を呼ぶためのベルベットの紐を引いた。「とても豪華な舞踏会でしょうから、存分に楽しむためにも、しっかり休んでおいたほうがよろしいでしょうね」

ラルストン家の三人は眉を吊り上げ、代表してエスターが言った。

「あの舞踏会までは、まだ五日もありますけど」

「そう、五日間しっかり胃を休ませておかなくては。もちろん睡眠も大事ですわね。それを考えると、皆さまもそろそろお帰りになったほうがよろしいのでは？」叔母さんはドアのほうを振り向いた。「あら、タイミングよく執事が来たわ。ドーソン、皆さまのコートを急いでお持ちして」

ゲストたちは皆、きょとんとした顔をしている。フローラは、ベアトリスに困ったような視線を送りながらも、しかたなく立ち上がった。母親と一緒にラルストン一家を見送ることにしたらしい。叔母さんは立ち上がると、驚いたことに、自ら玄関のドアを開けた。

「いらしてくださって本当に楽しかったですわ。また近いうちにぜひ」

叔母さんは、一家が小路を歩き始めるのも待たず、バタンと大きな音をたててドアを閉め、その様子を、ベアトリスはただあっけにとられて眺めていた。すると叔母さんは言った。

「さあさあ、あなたたちも部屋に引き揚げなさい。ふたりともとても疲れた顔をしているわ」

ちょうど居間に戻ってきたホーレス叔父さんは、女性たちのおしゃべりが続いていると思っていたのだろう、家族しか残っていないのを見てホッとしている。

「じゃあ、わたしは紳士クラブに行ってくるよ」

ヴェラ叔母さんは大きなあくびを一つすると、自分の部屋で静かに本を読むと言いだした。フローラとベアトリスは思わず顔を見合わせた。叔母さんが本を読む姿など、これまで見たことがない。けれども叔母さんは、世にも面白い小説が部屋で待っているとでもいうように、足音も軽く階段を駆け上がっていく。残されたふたりは、叔母さんの奇妙な行動について語り合った。

「絶対わたしのせいよね」ベアトリスが言った。他に理由は見つからない。「わたしが精神的におかしいと心配しているうちに、自分のほうがおかしくなったのよ。トライフルと叫んだとき、わたしが何を言うと思ったのかしら。きっと、とんでもないことだと思ったんだわ」

「実際、そうだったの？」フローラが訊いた。

ベアトリスはラルストン夫人との会話を思い出してみた。女たらしのブラックスフィールド卿の武勇伝をはじめ、他愛もない話ばかりだったが、思いがけず彼がヌニートンの叔父にあたるとわかった。ゴシップ好きの人間に自由に語らせる作戦は大成功だったわけだ。だからラルストン夫人に感謝し、丁重にお礼を言うつもりだった。

「いいえ」ベアトリスはフローラの質問に答えた。「全然たいしたことじゃなかったんだけど」

7

ベアトリスもさすがに、ヌニートン子爵に手紙を送るのは良くないとわかっていた。以前彼が何度か、公爵の嫉妬心をかきたてたことがあったからだ。当時は気づかなかったが、振り返ってみると、公爵の怒ったような顔や不機嫌そうな振る舞いは、彼女と子爵の間に友情以上のものがあるのではと疑っていたせいだろう。

その馬鹿馬鹿しさに、ベアトリスは笑いたくなった。ヌニートン子爵は抜群のセンスの持ち主で、彼女のような野暮ったい娘に好意を持つはずがない。それでも事件の調査に奮闘する彼女に興味を示し、またどうやらその大胆な本性に気づいているようだった。レイクビュー・ホールの廃屋から傷だらけになって脱出した彼女を、深く考え込むようにして見つめていたのを思い出す。

そしてそれ以来、彼は知ってか知らずか、彼女の調査に協力してくれていた。ブラックスフィールド卿に紹介してほしいという手紙を書きながら、ベアトリスは彼にどこまで明かすべきか迷っていた。やはり詳細を明かすわけにはいかない。公爵以外の誰かと、秘密の計画を共有することはしたくなかった。

手紙に署名をするときには、罪悪感ではなく寂しさを感じた。公爵には昨日も一昨日も会っていたのに、最後に会ってから何週間も経ったような気がする。三日前の夜、トーントン卿の胸の上に座りながら公爵にプロポーズをしたあのとき、ふたりの絆は揺るぎないと感じたのに。

公爵のほうも距離を感じているのだろう。昨日の馬車の中や、ヴェラ叔母さんとの会話の最中にも、ぼんやりと考えこむ彼の表情からは、何かがうまくいっていないと思っているのがわかった。どんな問題を抱えているのかと、いつかは尋ねてくるだろう。そのときどう答えればいいのか、ベアトリスにはわからなかった。ありもしない話をでっちあげることはしたくない。容疑者や叔父夫婦とは違い、公爵はそんなことをしていい相手ではない。

トーマスに封筒を手渡し、急いで届けてもらうように頼んだ頃には、ベアトリスはすっかり惨めな気分になっていた。それでも愛する両親のために、そして自分の

ために も、真実を突き止めなければいけないと気持ちを奮い立たせた。

ヌニートン子爵からの返事はすぐに届いた。まさに今夜、ブラックスフィールド卿が親しい友人たちと政治について議論をする集まりがあり、そのプジー卿のサロンに同行しないかという。

『もともと姉のお目付け役として行く予定だったので、きみの参加は大歓迎です。姉は叔父と同様、やたらと議論好きなので、迷惑をかけるかもしれませんが』

彼の姉、つまり女性が一緒であればマナー違反にはならないから、それもまたありがたかった。

ただ叔母さんが許してくれるかは別問題だ。案の定、ベアトリスが玄関を出るその瞬間まで、サロンへの参加をなんとかして思いとどまらせようとした。

「ハイドクレア家の人間は公の場で議論などしません」姪っ子が自分の考えを得意そうに述べるのではと、不安でいっぱいらしい。「直接意見を求められた場合だけ答えるようにしています。それだって、天候の話題に変えようとあれこれ頑張ったあげく、それでもだめだったときに限ります」

フローラも眉をひそめている。母親とは違い、ヌニートン子爵と一緒に外出をすることが心配らしい。

「自分が何をしようとしているかわかってるわよね。わたしは信じてるけど」

馬車が迎えにきて、ヌニートン子爵が姉のミセス・パーマーを紹介した。ミセス・パーマーは高い頬骨に緑色の大きな瞳、すらりとした長身の女性で、つねに物憂《アンニュイ》げな雰囲気の弟とは違い、とてもはきはきとした女性だ。公爵との婚約にお祝いを述べたあと、すぐに所得税の話に移った。数日前に廃止されたのだが、それが大いに不満らしい。

「まったくもって、カブトムシのように近視眼的な判断だわ。戦争が終わったからといって、もう財源はいらないだなんて能天気もいいところよ。ナポレオンとの戦争で作った借金はどうなったの？　軍艦やマスケット銃にどれだけお金を使ったことか。兵士たちに年金も払わなければいけないのに。いつも同じことの繰り返しなの。ねえミス・ハイドクレア、一八〇二年にアミアン講和条約が結ばれたあと、税が廃止されたのを覚えてる？　首相のアディントンは本当に愚かだわ。税金を廃止したり復活させたり。まるで遠乗りに行くために馬を小屋から出してきて、終わったら戻すみたいに税金制度をもてあそんでいる。本当に頭に来るわ。こんな決定がなされるのを黙って見ていなければならないなんて」

「そんなに息巻いていて、黙って見ていると言えるのかな」ヌニートンが姉をからかったそのとき、馬車が速度を落として止まった。

ミセス・パーマーは眉をひそめてうなずいた。

「そうね。でも無力であることはたしかよ」

彼女の演説を聞いているうちに、ベアトリスは楽しくなっていた。こんな女性は見たことがないわ。

「アディントン首相が税制を廃止したり復活させたりしたときのことはわたしも覚えています。それと、予期せぬ出費に備えるために税制を維持したほうがいいというご意見にも賛成です。不作の年が一回でもあれば、国家の安定はすぐに脅かされるわけですから」ベアトリスは穏やかに言った。「でも税金を減らしてほしいという気持ちもわかります。最初の提案のように、単純に税率を五パーセントに戻せばよかったのではないでしょうか」

ミセス・パーマーはびっくりした顔でベアトリスを見つめた。

「まあ、なんて教養のある方なの！　おしゃれしか頭にない弟の友人とはとても思えないわ」プジー卿のタウンハウスに続く小路を歩きながら、ベアトリスと腕をからませた。「これで今夜は、コーク・ストリートの仕立屋の話を聞かずにすむわね」

「ケイティ、ひどいじゃないか」ヌニートンが声を上げた。「ぼくがあんな店に行くわけがないだろう。裁断にこだわるブランメルとは違うぞ！」鼻を鳴らしてはいるが、楽しそうだ。「あの男ときたら、服の価値を決めるのは折り目《プリーツ》こそだと――」

ミセス・パーマーは悲しそうに首を振ると、ベアトリスに詫びた。

「ごめんなさい。仕立屋についての講義はこりごりなのに、かえってあおってしまったわ」

「こりごりだって？」ヌニートンが片眉を吊り上げた。「一度だって最後まで聞いたためしはないじゃないか。すぐに逃げ出して」

「あら、そうだった？」ミセス・パーマーがにやにやすると、子爵は苦々しい顔でベアトリスに言った。

「実を言うとね、きみが一緒だったら、姉もぼくに意地悪をしないんじゃないかとちょっと期待していたんだ。だけどこれでは、いつもよりひどいくらいだ」

ベアトリスは笑った。「まあ。ご期待に沿えず申し訳ありません」

「なに馬鹿を言っているのよ」ミセス・パーマーはぴしゃりと言った。「くだらない期待をするほうが悪いの。さあ、入りましょうか。おわかりだと思うけど、今夜は所得税廃止に賛同した人たちと思いっきり議論したいの。しっかりそばについていらっしゃいよ、ミス・ハイドクレア。とっても楽しいから」

「楽しい……ね」ヌニートン子爵がつぶやいたとき玄関のドアが開き、執事が三人を招き入れた。

サロンは思った以上ににぎわっていた。緑と金の上品な色合いでまとめられた居間には、何十人もの人たちが集まっている。ミセス・パーマーは早速、所得税廃止の決定に関わった男たちを探し始めた。まずはサロンの主催者のプジー卿で、彼は柔和な笑みを浮かべながら、ミセス・パーマーの訴えを聞いている。何を言われても余裕しゃくしゃくという感じだ。

「ミセス・パーマー、いつもながらわたしをかいかぶりすぎですな。まるでわたしが我が国の運命を、この小さな手のひらで握っているかのように言ってくださるが」

「あら、いつもながらご謙遜ばかり。でも、だまされませんことよ。実際にはぐっと握っていらっしゃるんですもの」ミセス・パーマーは攻撃を再開した。プジー卿は表情を変えなかったが、話が終わったと知るや、ベアトリスに顔を向けた。「我が家の小さな集まりにようこそお越しくださいました。新たなゲストを迎えるのはいつだってうれしいものです」それからすぐに、その場から退散していった。

ミセス・パーマーは満足そうにため息をついて言った。

「さあ、わたしたちの次の犠牲者を探しにいくわよ。あら、ティアニー卿がいるわね」

い、い、わたしたちのですって？　それはちょっと違うとベアトリスは思ったが、同志と思われたことがうれしくて、喜んで彼女についていった。途中ヌニートン子爵とすれ違い、彼の問いかけるような視線に、朗らかな笑みで応えた。

プジー卿と同様、ティアニー卿とその次のブロックストーン卿も、ミセス・パーマーに対してひどく慇懃《いんぎん》無礼《ぶれい》な態度で接したので、ベアトリスはいらいらしたが、しばらくして気づいた。ミセス・パーマーには誰もまともに応えないのに、そのあと自分たちだけで、所得税について侃々諤々《かんかんがくがく》の議論をしている。男たちはどうやら、女性の意見を真摯に受け止める気など初めからないようだ。

ミセス・パーマーもわかっているから、必要以上に激しい口調で話すのだろう。それぐらいしか武器はないのだから。

そこでベアトリスも、彼女と一緒に税制廃止の批判を長々と始めた。相手は紳士的に黙って聞いているが、その困惑した顔を見て、愉快でたまらなかった。そういえば、かつてケスグレイブ公爵の虚栄心に、ちくりと棘を刺したときも楽しかったっけ。

「あなた、なかなかやるじゃないの」ダーバー氏がポートワインを取りに行くと言って急ぎ足で立ち去ると、ミセス・パーマーが言った。

「一つだけアドバイスするわね。自分の主張を必ず三回は繰り返したほうがいいわ」

「三回というのは？」

「わたしの経験上、三回も聞かされたら、どんな男性でも反論したくなるものなの。これは夫から学んだのよ。あの人は、わたしの意見を無視する能力にかけては天下一品なのだけど、三回繰り返せばさすがに応えるわね。この作戦に気づかなければ、わたしは今もまだ薄暗いタウンハウスにひきこもっていたでしょう。だって相手が自分と議論することを拒否したら、議論に勝ちようがないですもの。ただハーペンデン卿が相手のときは五回繰り返してね。でもひとたびこっちを向いてもらえれば、面白いほど話にのってくれる。頭はとても柔軟なのよ。あら、ブラックスフィールドの叔父さまだわ！」

その名前を聞き、一瞬かたまったベアトリスの横で、ミセス・パーマーがブラックスフィールド卿を手招きした。

「叔父さま、ミス・ハイドクレアをご紹介するわ。一時間前に知り合ったばかりなんだけど、とてもすばらしい人で、考え方も全面的に正しいの。だからわたしは彼女と親友になると決めたわ。いいえ、養女にしたいくらい」

ベアトリスはブラックスフィールド卿を見てびっくりした。華やかな恋愛遍歴や、喧嘩っ早さについて聞かされていたので、てっきりハンサムでたくましく、颯爽《さっそう》とした紳士だと思いこんでいた。だが体格は彼女とさほど変わらないし、低い鼻に細い顎、おまけに両耳は頭からにょっきりと突き出ている。

ただうっとりするようなハスキーな声を聞いて、印象はがらりと変わった。

「やあ、ケイティ。相変わらず紳士諸君を困らせているようだね」それから緑色の瞳をベアトリスに向けた。「ミス・ハイドクレア、サロンにようこそ。お目にかかれて光栄です。何よりも、姪のお眼鏡にかなう人間はまずいないので驚きました。彼女はたいてい、相手を批判的に見ますからね。わたしなんぞ、三十年経ってもいまだに彼女の厳しい審査に合格できないんですよ」

緑の目は口調と同じようにあたたかい。たしかにとても魅力的な紳士だ。これなら評判どおり、レディたちのハートや大切な宝物を手に入れてもおかしくない。

「ミセス・パーマーのお褒めの言葉はありがたいのですが、考え方が全面的に正しいというのはどうでしょう。わたしのことをまだおわかりでない部分もありますから」

「おや、なんとも謙虚な女性だ」卿は笑顔でミセス・パーマーに言った。「大急ぎで養女にしたほうがいいな。彼女の明晰な思考が、わたしのような不道徳な老人に堕落させられる前に」

「叔父さまは所得税廃止を熱烈に支持したのよ」ミセス・パーマーが説明した。

「それに輸入法も。あれは貧しい人たちを苦しめて地主が得をする法律なのに。わたしが叔父様に合格点を出さないのもしかたがないわ」

ブラックスフィールド卿は笑いながら首を振った。

「ケイティはホイッグ党の回し者だな」

「その言い方はやめてください。わたしは特定の団体に所属するつもりはありません。自分が反対する政策にまで賛成するのはいやですもの。だけど叔父さまは、誘われればどんなグループにも入るんですよね。ねえミス・ハイドクレア、叔父さまが昔、イギリス連帯ギルドのメンバーだったって信じられる？　それなのにわたしをホイッグと呼ぶなんて」

イギリス連帯ギルド！　ベアトリスの心臓は止まりそうになった。まさにその話を聞き出すために、このサロンにやってきたのだから。だが頭の中で、自分をいさめる声がした。

これは罠かもしれない。こんなにスムーズに核心に迫れるなんておかしいもの。もしこの話題に飛びついたらきっと……。

するとブラックスフィールド卿がベアトリスに言った。

「あれは過激な組織だった。物乞いや泥棒にまで選挙権を与えろと訴えていたんだから」

「叔父さまはそこのメンバーになったんでしょ」ミセス・パーマーがいたずらっぽく笑った。

「いや、潜入したんだ」卿はため息交じりに言った。違いを説明するのにうんざりとでもいうようだ。

ベアトリスはふたりの会話を聞きながら、この話題はいま初めて出たのではないと気づいた。彼がギルドのメンバーだったことは、一族の一つ話になっていて、ミセス・パーマーが叔父をからかう際に必ず持ち出すのだろう。

「そうだったわ。神と祖国のために急進派に加わったのよね。ギルドの大義に共感したわけじゃなくて」

「そのとおりだ」ブラックスフィールド卿はきっぱりと言った。「そしてわかったことはすべて、危険を顧みずに政府に報告した」

ベアトリスは、自分の幸運がまだ信じられなかった。こちらから誘導したわけでもないのに、自然な流れでこの話題になるなんて。

「叔父さまは、ギルドにいる間は危険でいっぱいだったと言うけど、実際はそれほどでもないの」ミセス・パーマーは目を輝かせながら、ベアトリスに説明した。「いくら暴動に駆り立てようとしてもうまくいかなかった。彼らは武器ではなく、ペンを執ったから」

ブラックスフィールド卿は、気を悪くすることもなくほほ笑んだ。

「残念ながらケイティの言うとおりなんだ。反乱軍のように立ち上がれとメンバーたちを何度もあおったのだが、彼らはそのたびにぴりっとしない声明文を書くばかりでね。わたしは行動派の男だからね。信念を守るためだったらこぶしをふるう覚悟があるから、彼らの消極的な態度がいらだたしかった。だがそれでも、彼らは危険な男たちだった。その思想は、フランスのように我が国の体制を崩壊させる可能性があったんだ。だからわたしは今でも、自分は重要な役割を果たしたと思っている。改革結社を違法とする法律の起草に役立ったわけだしね」

ミセス・パーマーは悲しそうに首を振った。「わたしたち一族の恥ずかしい話を聞かせてしまったわね」

「何が恥ずかしいんだ?」ブラックスフィールド卿が胸を張った。「わたしは国を守ったんだ」

「その自慢げなところが恥ずかしいのよ」ミセス・パーマーがため息をついた。

どうやらこの言い合いも真剣なものではなく、ふたりの間ではお馴染みのことのようだ。ベアトリスは両親の話を出してみた。

「あの、もしかしたらわたしの両親のクララとリチャードをご存じではありませんか。やはりピット氏の要請で、イギリス連帯ギルドに加わったと聞いているのですが」

ミセス・パーマーはこの偶然に驚くどころか、自分の直感が正しかったと確信したらしい。

「んまあ、すぐにでも彼女を養女にしなくては！」

「リチャードとクララだって？ ああ、もちろんだよ」ブラックスフィールド卿は少し考えてから続けた。「たしかミスター・パイパーとミスター・バーロウと名乗っていたかな。うん、母上はわたしの知る限り、最も美しい女性のひとりだった。そうか、きみは彼らの娘だったのか。どうして気づかなかったんだろう」

それはそうでしょうよ。ベアトリスは心の中でつぶやいた。クララ・ハイドクレアを、「比類なき美女」として記憶しているんだったら。

「幼い頃に死に別れましたので、両親のことはほとんど知らないのです。レディ・アバクロンビーから母の手紙を見せていただいて、両親がスパイとしてギルドに潜入していたと知りました」

「スパイという言葉は誤解を招くんじゃないかな」卿は楽しそうに言った。「ピットがリチャードを送り込んだのは、ギルドに関する不利な情報を収集するためだった。ところが彼はギルドの大義に心酔してしまった。クララもだな。結局ふたりは普通選挙という概念を支持するようになった。無学な農民や靴職人に発言権を与えても、国家が揺らぐことはないとでも思ったらしい」卿は頭《かぶり》を振った。「ふたりとも純粋で輝いていた。特にクララは美しくて活発で、きちんと自分の考えを持っていたな。そうした利点を兼ね備えている人間はめったにいない」

自分の母親を卿が褒めるのを聞いて、ベアトリスはとても晴れやかな気持ちになった。

「両親と同じ時期にギルドのメンバーだったのですか？」

「そうだ。ピットはリチャードが提供した情報に満足していなかった。リチャードはギルドは脅威にならないと言い張ったからね。そこでわたしが潜入するようにと依頼されたわけだ。わたしはね、クララがギルドの大義に魅せられたのはよくわかった。女性というのはわりと簡単に、相手に共感したり同情したりするものだからね」卿はため息をついた。「だがリチャードは男なんだから、もう少し分別があっても良かった。彼とはその点でよく口論したものだ。わたしだって、ギルドの創設者は、理性のある知的な男だと認めていた。だから彼が選挙権を得たとしても、イギリスが傾くことはないとわかっていた。だが他のメンバーたちは……」

彼は言葉を濁した。ベアトリスは息をのんだ。それは〝粗暴者〟だと聞いていた幹部たちのことだろうか。やっぱり彼らがお父さまとお母さまを……。

「創設者というのは、ジェフリーズさんのことですね」ベアトリスは言った。「母の手紙には、彼は尊敬できる立派な方だと書いてありました。でも彼が頼りにしていた幹部たちについては違ったようです。名前はちょっと思い出せないのですが」

「バークスとソープのことだな」卿が言った。

「ああ、そうでした」ベアトリスはうなずいた。「母によると、粗暴な男たちだったと」

「粗暴な？」卿は繰り返し、首をかしげて顎をこすった。「ずいぶんやんわりした表現だな。わたしならけだものと言いたいね。それでも足りないが」

けだものか。できればもっと多くの情報が欲しい。ベアトリスは尋ねた。

「驚くようなことではありませんね。彼らの職業を考えれば」

曖昧な言い方だが、どんな答えでも手がかりにはなるはずだ。

「ああ、その通りだ。時計職人も機織り職人も、商人はみんな荒くれ者だ。彼らが安定した暮らしを送れるのも、我々上流階級のおかげだと感謝すべきじゃないか。今回も所得税を廃止してやったのに」

「叔父さま、それは聞き捨てなりませんわ」ミセス・パーマーが口をはさんだ。

「わたしは――」

するとブラックスフィールド卿は、飲み物のテーブルに向かっていた紳士を手招きした。「おいヴィリアーズ、きみは今夜まだ、ケイティにやりこめられる喜びを味わっていなかったな。わたしがつい彼女を独占してしまったからね。どうせまた木曜日に劇場で会えるというのに。じゃあ、ここはきみに任せよう。言っておくが、あんまりおびえた顔を見せてはいかんぞ。ケイティは図に乗ってひどいいじめっ子になるからな」

「叔父さまったら、逃げるおつもりね」ミセス・パーマーがにやにやした。

ブラックスフィールド卿も否定する気はないようだ。

「いつだってそうしたいさ。ではまたお会いしましょう、ミス・ハイドクレア。さあヴィリアーズ、すまないが姪を頼んだぞ」

ベアトリスは卿ともう少し話したかったが、これ以上バークスとソープについて教えてくれるとも思えない。ここに来た当初の目的は達成したのだから、満足すべきだろう。

両親のギルドへの関わりについての話はとても興味深かったし、ふたりがギルドの目的に賛成していたとわかってうれしかった。ベアトリス自身も、筋が通っていると思ったからだ。議会での決定は日々の暮らしに大きな影響を及ぼすのだから、その決定を誰が下すかについて、国民の誰もが発言権を持つべきなのだ。

それどころか、かなり控えめな目標だとも感じた。もし彼女が急進的な組織を率いていたら、もっと大きな要求をするだろう。たとえば、貧しい人たちに生活必需品を支給し、小さな子どもに煙突掃除をさせるのは法律で禁じるとか。

架空の組織の目的をベアトリスがあれこれ考えている間、ミセス・パーマーは、ヴィリアーズ氏が所得税廃止に賛成の立場だと聞き出し、それは間違っていると非難し始めた。ふたりはほぼ同年代のはずだが、彼女の話をおとなしく聞いている彼は、まるで未熟な若者のように見える。ヌニートン子爵が現れ、みんなをビュッフェのテーブルに誘うと、ミセス・パーマーはようやく熱弁をふるうのをやめた。

「たしかにお腹がすいていらっしゃるようですわ」ミセス・パーマーはヴィリアーズ氏に言ったが、彼は空腹というよりも、疲れきっている様子だ。「少し栄養を摂ったほうがいいですわね。そのあとで、またお互いの立場から議論を続けましょう」

「〝議論を続ける〟というのは違うと思うけどな」ふたりを見送りながら、ヌニートン子爵が言った。「ケイティは相手に話す隙を与えないんだから」

「ミセス・パーマーは本当にたいした方ですわ」ベアトリスは心から言った。

「たいした……か。たしかにそういう言い方もあるな。さて、叔父と話すという目的は果たせたようだね。必要なことは全部聞き出したのかい？」

「はい、ありがとうございました」ベアトリスはあっさり答えた。

「相変わらず口が堅いな」ヌニートン子爵はそう言ったが、別に不満そうでもない。

「まあ、かまわないがね。ケイティがご機嫌だから、きみにはとても感謝している。ただね、ぼくがお供をさせられている政治サロンの中では、ここは居心地のいいほうなんだ。ケスグレイブが反対しないなら、他のサロンにも一緒に行ってほしいくらいだよ」

ベアトリスの胸がちくりと痛んだ。公爵の名前を聞いて罪悪感がこみあげたのだ。ヌニートン子爵とは今夜ほとんど言葉を交わしていないが、それでも公爵を裏切ったように感じるのはなぜだろう。ヌニートン子爵に尋ねた。

「どうしてお姉さまのお供をさせられているのですか」

「義兄は政治がひどく嫌いなんだ」子爵は苦い顔をした。「トランプでイカサマまでするほどね」

「それはかなり重大な申し立てですね」つまりヌニートン子爵は、姉の付き添い役を賭けてトランプをした結果、不正をした義兄に負けたのだろう。

「そうだ。でもきみを信頼しているから」ベアトリスに悲しげな目を向けた。「義兄の不正行為を言いふらすとは思っていないよ」

ベアトリスは声を上げて笑った。

「さて、何か食べないか？　ここの食事は悪くないよ。〈紅の館〉のどす黒い肉に比べたら、はるかにうまい」

〈紅の館〉とは、前回の事件の調査のため、ヌニートン子爵がベアトリスの付き添い役として訪れた賭博場だ。そこでふたりが笑い合っているとき、ケスグレイブ公爵がいきなり現れたのだった。迷惑なことに、公爵にはそういった、予期せぬ場所に突然現れるという特技があった。

もしかして、今夜も？　ベアトリスはあわてて周囲を見回した。「やっぱりいたか」と言わんばかりに、公爵が彼女を満足そうに見つめているのではと思ったのだ。だが彼の姿は、どこにもなかった。そしてベアトリスはホッとするよりも、言いようのない寂しさを覚えた。

馬鹿みたいだ。見つかりたくないのに、見つけてほしいと思うなんて。ベアトリスは頭を振ってから、きれいなピンク色の生ハムを皿に取った。それからミセス・パーマーにうながされ、所得税を五パーセントに引き下げる利点をヴィリアーズ氏に説明した。

「いかがですか？」ミセス・パーマーが言った。「必ずしも、税金をかける、かけないのどちらかに決める必要はないのです。所得税を完全に廃止する前に、五パーセントで試してみるのもいいのでは？　我が国の財源はどんどん減るばかりで、やがて枯渇してしまうでしょう。そんなことになったらとわたしは不安でたまらないのです。ミス・ハイドクレア、あなたもそうでしょう？」

ベアトリスはヌニートン子爵の愉快そうな視線を避けながら、ミセス・パーマーのために涙声で言った。

「国庫で最後の一ペニーが寂しそうにしているのが目に浮かびますわ」

帰りの馬車の中で、ミセス・パーマーがベアトリスに言った。

「来週あたり、ぜひ我が家にお茶を飲みにいらして。結婚の準備でお忙しいでしょうけど、半日ぐらいなんとかできるでしょ？　今晩わたしと一緒に男たちをやりこめる時間があったのだから。近いうちに連絡するわね」

「いや、彼女も予定が詰まっているだろう。来週というのはさすがに」ベアトリスに代わってヌニートン子爵が口をはさんだが、ミセス・パーマーは取り合わなかった。ただ友人のいないベアトリスには、お茶もできないほど予定がいっぱいになるとは想像もできなかった。

「姉が政治の話でまたきみをうんざりさせたら、思い出してくれよ。きみを救おうとして、ぼくが頑張ったってことを」子爵はベアトリスをポートマン・スクエアの戸口まで送りながら言った。

「あらまあ、お姉さまも同じことをおっしゃっていましたわ。あなたが仕立屋の件でうんざりさせたら申し訳ないと」ベアトリスは笑みを浮かべて言った。

ドーソンがドアを開けたので、ヌニートン子爵は含み笑いをしながら、優雅にお辞儀をして彼女に別れを告げた。ベアトリスが家に入ると、家族はまだ誰も帰宅していなかった。良かった。質問攻めに遭わずに済んだわ。ホッとしながら部屋に戻って寝間着に着替え、すぐにベッドに入った。今夜サロンで得た情報や、公爵への罪悪感で、まだ気持ちがざわついている。そこで昨夜読み始めた『ルネサンス絵画史』を手に取ったが、二十ページほど読んだところで頭が重くなり、そのまま眠りについた。

8

次の日、朝食の席についたベアトリスは、バークスとソープのふたりを捜し出すことで頭がいっぱいで、プジー卿のサロンに行ったことはすっかり忘れていた。

まずは〈アディソン〉をふたたび訪ね、過去の新聞にふたりの記事が載っていないか徹底的に調べよう。とはいえ、名前と職業だけで居場所を突き止めるのは難しいし、店の住所が見つかっても、まだそこに住んでいるかはわからない。ジェフリーズ氏の場合は運が良かっただけで、同じことを期待してはいけない。

ベアトリスは気を引き締めた。

それに今朝は、一昨日よりもさらに家を抜け出すのが難しそうだ。レディ・アバクロンビーと買い物に行くという理由はさすがにもう使えないだろう。彼女の行きつけのサロン〈ミセス・デュヴァルの店〉は、メイフェアの中心部ボンド・ストリートにあり、流行の最先端のドレスばかりを扱っていて、値段は目の玉が飛び出るほど高い。いっぽう叔母さんがいつも利用するのは、アムウェル・ストリートにある〈ミス・スクライブの店〉で、ここにはほどほどに魅力的なドレスが並び、ほどほどに満足のできる値段で、つまりお手頃な価格で手に入る。もちろんドレスの費用はレディ・アバクロンビーが出してくれるが、そうした高級サロンに姪っ子が通い詰めるのが、叔母さんには面白くないらしい。

うーん。バークスたちの居場所を、家にいながらにして突き止める方法はないだろうか。ふたりは職人だから、それぞれの職業組合に所属しているはず。だったらその組合は、加盟店のリストを宣伝用に配っているかもしれない。

「ねえホーレス、イギリスは今どういう状況なのかしら」ベアトリスを横目で見ながら、ヴェラ叔母さんが叔父さんに尋ねた。「農民たちの反乱が起きるかもしれないの？　それともミドルウィックでの騒ぎの報道は大げさなのかしら」

ベアトリスは目を丸くして叔母さんを見つめた。ヴェラ叔母さんが時事問題を話題に？

「ミドルハムだ」叔父さんは新聞を読みながら、妻の間違いを訂正した。「ミドルウィックはチェシャー州にある」

「それならミドルハムはどこにあるの？」叔母さんが尋ねた。

「ヨークシャー州だ」

「チェシャーでもヨークシャーでもどっちでもいいんじゃない」フローラが言った。

「どうせどっちもすごく北にあるんでしょ」

「ミドルハムはヘンリー三世が育てられたところなんだ」したり顔でラッセルが口をはさんだ。

「違う。リチャード三世だ」叔父さんがまた訂正した。新聞を見据えたままだが、声にはいらだちが感じられる。「チェシャー州は湖水地方の南にある」

「だったらヘンリー三世が育てられたのはどこなんだい？」ラッセルが尋ねた。

「だから北の方じゃない？」フローラが言う。

「ハンプシャー州だ」と叔父さん。

「そうよ。わたしが言ったのはそれのこと」フローラが言った。

するとと叔父さんはテーブルに新聞を叩きつけ、荒々しく席を立って出ていった。子どもたちがイギリスの歴史や地理についてあまりにも無知なことに耐えられなかったようだ。

「ほら、全部あなたのせいよ」ヴェラ叔母さんはベアトリスをにらみつけた。

突然自分のせいにされ、ベアトリスは戸惑った。何か悪いことをしたかしら。もしかしてわたしの後ろに誰かいて、その人に向かって怒っているの？　くるりと後ろを振り向いてみた。

「まあ、自分には非がないような顔をして！　プジー卿のサロンに参加して、自分は政治や経済に詳しいと得意になっているんじゃないの？」

なるほど。それで時事問題を持ち出したわけね。

「そんなことはありません」

「それなら朝食を食べ終わったら、叔父さんに謝りに行きなさい。それから、ハンプシャー州が東部のノリッジの近くにあることを、フローラもちゃんと知っていると伝えなさい」

「でも叔母さま、ハンプシャー州は南部の海岸地域で、ポーツマスの近くです」

叔母さんは顔色を変えてつぶやいた。

「失礼な娘《こ》ね」

ベアトリスはあわてて言った。

「わかりました。食べ終わったらすぐに叔父さまを捜しにいきます。ああトーマス、ありがとう」紅茶を注ぎ足してくれた礼を言うと、パンにバターを塗りながら、バークスたちの居場所を突き止める方法をふたたび考え始めた。もし組合の宣伝用リストがあるなら、見込み客に向けて配られているはずだ。ここポートマン・スクエアにも届いているだろうか。

ヴェラ叔母さんがいらついた声で言った。

「まだ訊きたいことがあるわ。プジー卿のサロンはどうだったの？」

「あ、はい」ベアトリスは叔母さんをなるべく刺激しないよう、控えめに応えた。

「思ったより楽しかったです」

「へえ。すごくつまらなそうだけど。ぼくなら勘弁してほしいな」ラッセルが言った。「酒を飲みながら、政治家たちが高尚な議論をしているんだろ」

「まあ。政治家たちとお酒を飲みながら高尚な議論を？」フローラがうっとりした顔で尋ねた。

ベアトリスは、ミセス・パーマーが長広舌をふるい、紳士たちを辟易《へきえき》させる様子を思い出した。

「高尚な議論というより、かなり高圧的な口調だったわ」

「ヌニートン子爵も？」フローラが言った。「あの方が高圧的に話すなんて想像がつかないわ」

「ヌニートン子爵ですって？」ヴェラ叔母さんが言った。「そういえば彼も一緒だったわね」

「はい。子爵のお姉さまも」ベアトリスは急いで答えた。「政治談義とはどういうものか、いろいろ教えてくださいました。とても素敵な方でしたわ」

叔母さんにとっては、ミセス・パーマーが一緒にいようがいまいがどうでもよかった。

「まさかケスグレイブ公爵を捨てて、子爵夫人になるつもりではないでしょうね。そんなことをして得になることは一つもないもの。准男爵夫人（准男爵は肩書だけの世襲称号で平民）だったら、わたしとしてはそのほうがいいけれど」

ベアトリスは唇をかんで笑いをこらえた。

「そうだわ、ケスグレイブ公爵といえば」フローラが言った。「もうすぐスターリング家の舞踏会があるから、新しいドレスが欲しいわ」

「公爵とおまえのドレスに何の関係があるんだ?」ラッセルが眉をひそめた。

「だってわたしは公爵さまの親戚になるのよ。その立場にふさわしいゴージャスなドレスを着ないと。お母さま、そうでしょう?」

ヴェラ叔母さんは適当にうなずいた。

「そうねえ。だけどドレスを新しくしなくてもいいでしょう。気の利いた小物をいくつか買ってあげるわ。それだけでじゅうぶん格が上がったように見えるはずよ」

するとラッセルが怒りだした。妹だけが、また〝おねだり〟に成功したと思ったのだろう。

「フローラにだけ欲しいものを買ってやるのはおかしいよ。ぼくだって公爵の親戚になるんだから、ボクシングの知識がなかったら恥ずかしいのに。いつまで経っても母上はジャクソン氏のレッスン費用を出してくれないじゃないか」

ヴェラ叔母さんはベアトリスをにらみつけたが、姪っ子は皿をじっと見つめ、反省しているふりをしている。あたりが静まり返ったせいで、大時計のチクタクという音が、いやに大きく響いた。

突然ベアトリスが顔を上げ、叔母さんに尋ねた。

「あの、この家の時計は誰が修理をしているんですか」

叔母さんはぽかんと口を開けた。時計の修理ですって？　いったい何を言いだすのかと思ったら。

するとフローラが言った。

「ねえお母さま、気の利いた小物ってたとえば？　新しいハンカチ？　それともきらきらしたもの？　ダイヤのイヤリングみたいな」

ベアトリスのほうは、新たな調査方法を見つけてうれしくてたまらなかった。

「つまり時計が故障したときには、いつも同じ職人に頼んでいるんですよね」

その職人にバークスの店の場所を教えてもらえばいい。ロンドンの時計職人の数はそれほど多くないはずだから、全員が顔見知りのはずだ。布製品は流通している量が時計よりもずっと多いから、機織り職人のソープを捜すのは至難の業だろう。

「時計の修理っていっても……」

ヴェラ叔母さんは訳がわからないというように首を振った。

ベアトリスも一緒に首を振りたくなった。だめだ。叔母さんはまったく役に立たない。謝りに行ったときに、叔父さんに訊いたほうがいい。そう決めると、フォークを手に取って卵を食べ始めた。

「ねえ母上、フローラがダイヤのイヤリングを買ってもらうなら、ぼくには新しい馬を買ってよ」ラッセルが声を張り上げた。「それが公平ってもんだろう」

「そんなの全然公平じゃないわ」今度はフローラが怒りだした。ダイヤのイヤリングより、馬一頭のほうがはるかに高価だからだ。「それならわたしはブレスレットにするわ。そうね、ダイヤとルビーと……それにサファイアがはめ込まれているような」

その瞬間、ベアトリスはフォークを取り落とし、それが皿にぶつかってガチャンと音をたてた。

ヴェラ叔母さんが悲鳴を上げた。

「ちょっとベアトリス！　あなたのせいで頭がおかしくなりそうだわ」

だがその言葉は、ベアトリスの耳には届いていなかった。彼女の意識は、公爵未亡人の居間に飛んでいたからだ。たしか公爵未亡人は、サファイアのブレスレットについて何か言っていた。

目を閉じて、そのときの状況を思い出そうとした。ベルベットのカーテン、深緑色のソファ、執事のサットンがお茶のセットを並べた優雅なテーブル。公爵未亡人が話していたのは……。

お母さまのサファイアのブレスレットだ！

そうだ。それだ。

ベアトリスは公爵未亡人の言葉を正確に思い出した。

「ハイドクレア家に代々伝わる家宝で、つねに身に着けていると言っていらしたわ」

その〝大切な家宝〟は、今どこにあるのだろう。ベアトリスには、母親からもらった大切な家宝など一つもない。ここに引き取られたとき、母親の匂いのする手袋をなんとか確保はしたものの、それさえ叔母さんに捨てられてしまった。何の価値もないボロ切れだと言われて。それ以外の物は全部、彼女の養育費にあてるために売り払ったと聞いている。

でもいくら質素倹約を尊ぶホーレス叔父さんとはいえ、一家の家宝を売ったりはしないだろう。となると……。自分の妻に贈ったのでは？　そうか。母が大事にしていたブレスレットは、ヴェラ叔母さんが持っているのだ。

「ベアトリスったらどういうつもり？　わたしが話しているのに目をつぶるなんて」叔母さんがとがった声で言った。

ベアトリスは目を開けると叔母さんを鋭くにらみつけ、席を立つ理由も言わず、無言でドアへ向かった。

叔母さんが姪っ子の背中に向かって呼びかけた。

「叔父さんのところへ行くの？　だったら一時に出かけるのを忘れないでと伝えてちょうだい」

ふん、叔父さんへの伝言なんてどうでもいい。ベアトリスは階段を駆け上がると、叔母さんの部屋のドアを開けた。部屋の主同様、すべてが驚くほどしみったれている。家具やベッドに使われている布はどれもすりきれていて、グレーのカーテンにいたっては、壁に同化するほどくすんでいる。この屋敷は、ベアトリスの部屋も含め、どこも一度は手を入れてあるが、叔母さんは自分の部屋だけは必要ない、お金の無駄だからと言い張った。

「部屋が古ぼけていても別に気にならないもの。寝ている間は、どうせ目を閉じているんだから」

ちなみに、叔母さんが目を開けて何時間も過ごす居間ですら、一部分しか改装されていなかった。

壁際にある比較的きれいなソファは、最近まで、その居間にあったものだ。つぶれた座面にうんざりした叔父さんが新しいソファを買ったためで、それ以外の家具はかなり古びている。鉄の金具がついたタンスは木の部分が腐っており、軽く触れただけで、引き出しを開けることができた。これでは泥棒も大喜びだろう。

引き出しには、叔母さんのお気に入りのネックレスや指輪の他に、めったに見たことのないブローチや金具の壊れたゴールドのブレスレット、そしてティアラが入っていた。

ただサファイアのブレスレットはない。

ベアトリスは頭にきて、宝石類を適当に積み上げたまま、クローゼットに向かった。叔母さんの衣服をせっかちにあさり、目的の物がないとわかると、そのまま散らかしっぱなしにした。

怒りのあまり、身体じゅうの血が煮えたぎっているようだ。廊下に飛び出すと、リネン庫に向かった。叔母さんがまるで将軍のようにして厳しく管理している場所だ。

十数分後、シーツやクロス類を散乱させた床に座り込み、ベアトリスはがっくりとうなだれた。叔母さんが隠していたのは、新品のリネンだけだとわかったからだ。ぼろぼろになるまで、新しい物に替えさせたくないのだろう。他にどこを捜したらいいのか……。

そこで突然気づいた。大股で階段を上っていき、屋根裏に向かった。ここにはメイドたちの部屋の他に、小部屋が一つある。叔母さんはそこに、古い刺繍の見本や、結婚一年目に義母からもらった野暮ったいティーセットなど、捨てるに捨てられないものをしまってあった。

遠い昔、かくれんぼの最中、フローラと一緒にその小部屋に忍び込んだことがあった。鬼の役だったラッセルはかわいそうに、ふたりを見つけられなくておいおいと泣き始めた。ふたりが妖精に連れ去られたと思ったらしい。やがてヴェラ叔母さんが気づき、足を踏み鳴らして上がってくるまで、ふたりはティーセットを出してお茶会ごっこをしていた。

ベアトリスは暗い小部屋に足を踏み入れた際、そのときの光景を思い出した。フローラはまだ四つか五つで、とても愛らしかった。いつも大きな従姉のあとをついて回り、なんとかして注意をひこうと必死だったっけ。

でもいとこたちはすぐに成長し、そんな甘い時代も長くは続かなかった。うっすらと光が射し込んでいたおかげで、小部屋の中はよく見えた。左右の壁際に大きな収納箱が置かれ、それぞれに小さな箱がいくつも重ねてある。ティーセットが入っていたのはどれだっただろう。あまりにも遠い記憶で、とても思い出せそうもない。

まずは右側の、一番上の箱を開けてみた。古い本がぎっしり詰まっている。何十年も前の帳簿のようだ。ふたをしめて脇に押しやってから、次々と他の箱を開けていった。

途中でティーセットが見つかった。記憶どおり、ひどく野暮ったい柄だ。紫色の巨大なプラムと緑色のブドウが、細い枝からぶら下がっている。

ベアトリスはクスクス笑いながら、他には刺繍の見本しか入っていないことを確認し、いよいよ大きな箱にとりかかることにした。

重いふたを開けると、飾り文字のイニシャルを刺繡したハンカチが目に飛び込んできた。細長い窓にかざして目をこらす。CLHC。お母さまのハンカチだわ！　ベアトリスは息が止まりそうになり、身体が震えてきて、近くにあった箱に腰を下ろした。繊細なシルクの生地を握りしめ、鼻に近づけてみる。馬鹿みたいだ。二十年も経って、お母さまの匂いがするわけないのに。それにお母さまがどんな匂いだったかも覚えていないくせに。

屋根裏部屋に漂っているのと同じ、麝香《じゃこう》のような匂いがしたが、それでもベアトリスには、世界で一番かぐわしい香りに思えた。

その箱には、両親の使っていた品々がたくさん入っていた。父親の嗅ぎたばこ入れや、母親の髪飾り。ジョン・ダンの詩集には「永遠の愛をこめて」と書きこまれているから、父親が母親へ贈ったのだろう。他には新品の手袋やハンカチ、乗馬用のむち、豪華な刺繡レースで縁取られた深紅のドレス、縫い目がほつれた帽子などもあり、一番下には、シルクのリボンで束ねられた数十枚の紙があった。

箱から慎重に取り出すと、何かの原稿のようだった。タイトルは「男女平等を求めて――メアリ・ウルストンクラフト著『女性の権利の擁護』の推敲と検証」。

ベアトリスは弱い日差しの中で一番上の紙を掲げ、その筆跡をしげしげと見た。母親の字に似ている。

まさか。

お母さまがこれを書いたのだろうか。女性の権利向上を訴える内容の論文を？

序文を読み始めると、興奮でぞくぞくしてきた。

クララ・ハイドクレアはまず、メアリ・ウルストンクラフトが提唱した大きな目標――女性が幅広い教育を受ける権利、女性が自活できる職業の提供、女性も男性同様の教育を受ける権利――を挙げ、これらに一定の評価を下したうえで、「これでは苦い果実に砂糖を振りかけたにすぎない」と切り捨てた。

「残念ながら」とクララは述べている。「女性教育を求める理由として、母性を前面に押し出し、男女平等を主張するには至っていないからだ。教養ある女性は高潔な人間であり、そうした母親のもとで育つことは、男性にとって有益であろうと。つまり、男性優位の社会におもねっているわけで、そのほうが批判を浴びずに済むからだろう。しかしわたしは、純粋に知識を得たいという欲求を満たすために、教育を受ける権利と機会を、女性に与えるべきだと主張する。それによって、女性たちの心の解放も得られるに違いない」

ベアトリスは母親の書いた論文を、息をするのも忘れて読み進めていった。ルソーを激しく非難している点では、クララもウルストンクラフトと同様の意見で、ベアトリスは読みながら喝采したくなった。ルソーの主張は、女は男を喜ばせ、世話をするためだけに存在するというもので、以前、彼の著作『エミール』を読んだときには、腹が立って何度も本を投げ出したほどだ。

お母さまは自分と同じことを考えていたのだ。気がつくと、涙が頬を伝っていた。いけない。涙が落ちて論文がにじんだら大変だわ。あわてて顔を上げると、すぐ目の前に誰かが立っていた。ヴェラ叔母さんだった。顔面は蒼白で、唇は真っ青だ。怖い。ベアトリスの顔からも血の気がひいた。叔母さんの顔の皮膚は頭蓋骨にぴったりと貼り付いているようで、真っ白ということもあり、ぎりぎりまで引き伸ばされたベッドシーツを思わせる。

「それを読んだのね」叔母さんはドアの取っ手をつかんだまま、床にゆっくりと座り込んだ。「いつかこんな日が来るんじゃないかと思っていたわ」その口調には、怒りも非難も感じられない。あるのはただ、あきらめだけだった。「あなたがここに来た二十年前のあの日からずっと。叔父さんの靴下の色か何かをつぶやいて、頭がいい子だと感じた。五つとは思えないほど、物事を見抜く力が鋭いと。だから思ったのよ。いつかこういう日が来るだろうと」

叔母さんらしくない、やけに芝居がかった言葉だ。母クララの論文を見つけただけなのに。彼女が世間に迎合せず、自分なりに出した結論を堂々と述べる人間だったとわかっただけなのに。男女平等の思想がそれほどまずいことなのだろうか。

「そんな大げさな。これはただの論文ですよ」

「そうね」叔母さんはすぐに続けた。「だけど、そうじゃない」

ベアトリスは母の論文をぎゅっと握りしめた。

「おっしゃっている意味がわかりませんが」

叔母さんは壁に寄りかかると、ぬくもりを求めるように両脚を抱きかかえた。

「クララはそこに書いたことを、本当に信じていた」

ベアトリスはとりあえずうなずいた。論文として発表するつもりだったのだから、そんなの当たり前じゃないの。

「どこまで読んだのか知らないけれど、『恋愛の平等』という箇所で、女性の美徳と男性の美徳に対する社会の期待の違いを取り上げているの」叔母さんが言った。「それについてウルストンクラフトは、男性が女性と同じ基準を守るように求めている。だけどクララは……」いったん言葉を切ると、姪の顔から目をそらし、強く握りしめた自分の両手を見つめた。「あなたのお母さまは、女性も男性と同様、自由に愛情関係を結んでいい、道徳的に苦しむことはないと主張しているの」

ベアトリスはふたたびうなずいた。それほど問題になるとは思えなかったからだ。たしかにそうした行為を自分は望まないし、誰かに勧めたいとも思わない。だが浮名を流すレディ・アバクロンビーの生き方と違いはないし、彼女は社交界で嫌われてもいない。

それなのにどうして、叔母さんはこんなにおびえているのだろう。だがそのとき、ベアトリスのみぞおちにキュッと痛みが走った。そうか。まだ何かあるのだ。今日まで隠し続けていた何かが。

叔母さんが言った。

「今の話をしたのはね、そのあと起きたこととの背景を説明するためなの」

そのあと起きたこと？　不吉な響きにベアトリスの顔がこわばり、両手がまた震え始めた。止めようがなかった。

「クララは自分の主張どおり、浮気をしていたのよ」ヴェラ叔母さんが言った。

ベアトリスは冷静に尋ねた。

「どうしてそれを知っているんですか」

「ウェム伯爵から聞いたの。彼はリチャードの幼馴染みで、親友だった。同じ地域で育ち、同じ学校に通い、リチャードにクララを紹介したのも彼だった。そしてあるときクララの浮気を知って悩み、それでも結局はリチャードに話したの。親友ってそういうものでしょう。そのあとリチャードとクララが亡くなって、ホーレスにお悔やみを言いに来てくれたとき、そのことを教えてくれたのよ。自分の胸だけにしまっておくことはできないと言って。わたしは最初、信じられなかった。リチャードたちと会う機会はあまりなかったけど、ふたりはとても愛し合っていると思っていたから。自分の目で確認したと伯爵が言っても、まだわたしは疑っていた。でも彼女の遺品からその原稿を見つけて、やっぱり真実なんだと思ったわ。そのせいであんなことに……。あんな……」

叔母さんの声はかすれ、そのまま口を閉ざした。顔は真っ赤になり、涙がぽろぽろとこぼれ落ちた。

ベアトリスは身体の芯から恐怖がこみあげてきた。よほど恐ろしいことに違いない。この冷酷無比な叔母さんが涙をこらえきれず、顔をくしゃくしゃにしているのだから。

「あんなことって？」

しばらくの間、薄暗い部屋は沈黙に包まれた。やがて叔母さんは、こみあげる感情を必死で抑えながら口を開いた。

「クララは子どもを身ごもっていたの。リチャードではない男性との。そしてそのせいで……」

この話にはまだ先があるの？　ベアトリスは頭を殴られたような衝撃を受けた。不貞の子を身ごもったという事実でさえまだ終わりでないのなら、想像をはるかに超える最悪の事実が待っていると気づいた。

叔母さんは続けた。

「リチャードはどんなにショックだったか。あれほど情熱的に妻を愛していたのに。だから心が折れて、頭もおかしくなったんでしょう」

激しい雷鳴に打たれたかのように、ベアトリスの身体は震え始めた。

「それでも赤ちゃんさえいなければ、あんなことはしなかったはずよ。ええ、絶対に。だってクララをとても愛していたんだもの。それだけは信じて。彼はあんなことをする人じゃないと」

ベアトリスはこれ以上耐えられず、大きな声で叫んだ。

「あんなことって、いったい何なんです?」

けれどもその答えは、すでにわかっていた。これまでの流れから、言葉の端々から、そして叔母さんの表情から、それしかないとわかっていた。

「クララを殺してしまったの」

「お父さまがお母さまを殺した」

その言葉を何度もつぶやくうち、ベアトリスの頭の中に映像が浮かんだ。夫を正気に戻そうと必死になっている母クララの顔が。

愛する夫の手で殺されると気づき、どれほど恐ろしかったことか。

心が折れて、頭もおかしくなった。

「それなのに巡査は事故と断定した。どうかしていると思ったわ」叔母さんは顔をゆがめた。「ボートには誰が見てもわかるような細工がしてあったんだもの。真ん中に斧《おの》で開けたような大きな亀裂が入っていたの。嵐の夜だから沈んだとか、そんなこと絶対に信じないわ」

大きな亀裂？ 斧？ ついさっきまで、これ以上悪い話はないと思っていたベアトリスは、呆然として叔母さんを見つめた。

「父が殺したのは母だけじゃない。母を道連れに、自殺したんですね？」

叔母さんはうなずいた。

「他にどう説明できるというの？ 荒れ狂う嵐の中、穴の開いたボートに乗って川に漕ぎ出したのよ。リチャードはふたりで一緒に死ぬことを望んだんだわ。ねえベアトリス、わたしだってあなたには厳しすぎたと思ってる。でも怖かったの。あなたがクララみたいになるのではないかと。あるいはリチャードのように。ふたりとも悲劇的な最期を迎えた。何に取りつかれたのか想像もできないけど、彼は理性を失い、モンスターになってしまった」一度首を振り、叔母さんは続けた。「ふたりとも独立心が旺盛で、物怖じしない、恐れを知らない人たちだった。それは悪いことじゃない。でもあなたを我が家に迎えたとき、まだ五歳のあなたにそれと同じものを見て怖くなった。だからあなたが暴走するのを全力で食い止めようとしたの。

それなのに結局はあの……」そこで言葉を詰まらせた。レイクビュー・ホールの図書室で死体を見たあと、ベアトリスが別人のようになったことを言いたいのだろう。

「あなたがわたしを憎むのは当然よ。でも精一杯のことはしたつもり。そう、わたしなりに精一杯……」

ふたたび涙があふれ、今度はそれをぬぐおうともせず、叔母さんは顔をぐしゃぐしゃにした。

両親の死の真相を知った今、ベアトリスにとって叔母さんの弁明はどうでもいいことだった。

お父さまは、お母さまを道連れにして自殺した。

目を閉じて遮断しようとしても、頭の中の映像はより鮮明になるばかりだった。嵐の中、波に翻弄されるボート。母親のおびえた叫び声。理性を失った父親が斧を振り下ろし、ボートに穴を開けている姿。

ベアトリスは必死に考えた。何かがひっかかる。何か、欠けている情報があるような。

そこでハッと気づいた。

お母さまの恋人だ。

そうよ、それよ！

ヴェラ叔母さんは恋人の名前を言っていない。

いったい誰なのだろう。

考えられる人物はいくらでもいる。公爵未亡人やラルストン夫人は、お母さまは社交界の華で、いつも取り巻きに囲まれていたと言っていた。

悪名高いロンドンのゴシップ誌になら、そうした紳士たちの名前が載っているのでは？

いや、居間でおしゃべりしていたとき、ラルストン夫人が誰かの名前を挙げていたような。だめだ、思い出せない。頭にもやがかかっているようで、あのときの光景は思い浮かぶのに、交わされた言葉は何一つ思い出せなかった。

スターリング卿の舞踏会の話に持っていこうとして、叔母さんが突然デザートの種類を持ち出して――。

そうか！　ベアトリスの心臓がドクンと音をたてた。レモン・アイス、グースベリーのプディング、トライフル。叔母さんはクララの恋人だったブラックスフィールド卿から話題をそらすため、思いつく限りのデザートを挙げたのだ。

プジー卿のサロンで、ブラックスフィールド卿がクララの美しさを讃えていたのが思い出された。彼の口調には、独占欲の強さを示す人柄が表れていた。それに、遺品の中にはなかったサファイアのブレスレット。ラルストン夫人は、愛の証として、レディたちの大切な物を手に入れるのが卿の趣味だと言っていた。

まさか自分の母親が、大切な家宝をそんな人でなしに渡してしまうような愚か者だったとは。ベアトリスはわずかに残っていた冷静さをなくし、大粒の涙をこぼした。

「かわいそうなベアトリス、ここへいらっしゃい」叔母さんの声はいつもとは違い、甘くやさしかった。「さあ、ここに」

叔母さんがあたたかな笑顔で両手を広げていなかったら、ベアトリスは首を振ったかもしれない。けれども、長い孤独の末に知らされた衝撃的な真相の前では、もう意地を張る必要はなかった。目の前には、心地よさを約束された場所があった。だからベアトリスは、薄暗い屋根裏部屋で、叔母さんの胸をめがけてまっすぐに飛び込んでいった。
そして泣いて泣いて、涙が涸《か》れるまで、叔母さんの膝の上で泣き続けた。

9

ベアトリスはくたくたに疲れきっていたが、眠る気にはなれなかった。そんなことをしても無駄だとわかっていた。目を閉じるたびに、非情な光景が目に浮かんだ。降りしきる雨、おびえきった母親の顔、父親がボートの底を叩き割る姿。なぜこんなことになったのか、ふたりとも理解できていないように見える。

いや、違う。ベアトリスは首を振った。思いもよらない結末だったとしても、そのきっかけとなった出来事はわかっている。理解できないのはわたしのほうだ。

父リチャードは、不貞の子が生まれるのを許すくらいなら、自分の子を孤児にしたほうがましだと考えた。そのせいで、幸せな人生を奪われたことを理解できる子どもがいるだろうか。父に捨てられたという屈辱は、ベアトリスに一生つきまとうだろう。

兄の決断に、ホーレス叔父さんもいまだに苦しんでいた。

「リチャードが不名誉な最期を遂げたと知り、どう乗り越えればいいかわからなかった」

書斎で叔父さんはそう言って、散らかった机の向こうから姪っ子を見つめた。

「おまえには冷たくあたってすまなかったと思う。だがおまえを見ると、兄さんの非道な行為と自分の損な役回りを思い出し、いつもつらかった」そう言うと、吸い取り紙の横にあるインク壺に視線を落とした。「子どもの頃の兄さんとの思い出は、どれも幸せなものばかりだった。兄さんは冒険が好きで、よく一緒に連れていってくれたよ。だがイギリス連帯ギルドのメンバーになったことは教えてくれなかった。わたしには決して行くことのできない場所だと、わかっていたんだろう。それでも気づいたときには、裏切られたように感じた。低俗な人間たちにかどわかされたんだろうが。まあ、そんなことはどうでもいい。今はただ、わたしの苦しみを理解して、おまえが許してくれることを願っている」

許してほしい？　ベアトリスは怒りに震えた。この二十年、どれほどつらかったことか。それでも自分の非を正直に認めてくれたことには感謝し、責めることはしなかった。

「お父さまは、自分の意志でギルドに参加したのではないんです」

リチャードが国家のために任務を果たしていたと知れば、少しは叔父さんの気持ちも安らぐはずだ。

「何だって？」

「ギルドを監視し、不穏な動きがあれば報告するようにと、首相のピットに頼まれたのです。ピットは、ギルドがフランス革命のような大規模な反乱をあおっているのではとおびえていました」

叔父さんは大きな息をゆっくりと吐き出した。

「兄さんは何も言ってくれなかった。問い詰めても、決して言わなかった」

「ピットからの命令だったのでしょう。でも叔父さまの推測は必ずしも間違っていません。父はギルドの大義に共感し、また彼らの手段も平和的だと考えていました。何も明かさなかったのは極秘の任務だったからで、叔父さまを裏切ったわけではありません。叔父さまにとっては、それこそが重要なのではありませんか」

叔父さんはしばらく机の上のファイルを触っていたが、やがて口を開いた。

「おまえはどうしてそんなにやさしくしてくれるんだ。長い間つらく当たってきたというのに。寛大で、人を包みこむようなあたたかさがある。兄さんもそうだった。おまえのおかげで、リチャードとの思い出が苦いものではなくなったよ。心から礼を言う」

ベアトリスは、嗚咽《おえつ》が漏れそうになるのをどうにかこらえた。叔母さんとの抱擁で涙は出尽くしたと思っていたのに。それから静かにうなずき、立ち上がった。

ベアトリスをドアまで送りながら、叔父さんが言った。

「リチャードとクララの最期について、公爵にどこまで話すかはおまえに任せる。本来なら隠しとおすように勧めるべきだろうが。だが公爵になら、すべてを話すという選択肢もあるかもしれない」そこでため息をついた。「実を言うと、おまえの何が良くて彼が結婚を決めたのかまったくわからないんだ。公爵の妻としての条件をおまえは一つも満たしていないからな。ヴェラもわたしも、いまだに戸惑っている」

叔父さんは相変わらず、無神経なことを平気な顔で言う。昔からちっとも変わらない。

「ああ、傷つけるつもりで言ったんじゃない。公爵とおまえの絆がうわべだけではない、誠実で揺るぎないものだと言いたかった。だからリチャードたちのことを話しても大丈夫ではないかと思ってね」

ベアトリスは心からうれしかった。見かけによらず、叔父さんはいろんなことをよく見て、よく理解している。

叔父さんは片手でドアを開けると、もう片方の腕を姪っ子の背中に回した。ぎゅっと抱きしめたとは言えない。だがこの二十数年間で、初めての〝抱擁〟だった。

叔父さんの部屋から出ると、散らかしっぱなしにしてきたリネン庫に向かった。メイドのスージーが片づけていたが、ベアトリスは何も言わずに、シーツを一枚手に取ってたたみ始めた。するとスージーはあわてて止めた。

「お嬢さま、やめてください。わたしの仕事ですから」

ベアトリスはうなずいたが、そのままたたみ続けた。何かをせずにはいられなかった。

ヴェラ叔母さんは姪っ子が手伝っているのを見て目を丸くしたが、何も言わずに通り過ぎた。

リネン庫がすっかり片づくと、ベアトリスはフローラを捜し出し、声をかけた。

「スターリング家の舞踏会に着ていくドレスだけど、ちょっと手を加えれば華やかになるんじゃないかしら。叔母さまほどお裁縫はうまくないけど、わたしでも少しは役に立てると思うわ」

「ありがとう」フローラが言った。「誰も教えてくれないけど、なんだか今日はお父さまもお母さまもおかしいのよ。だから手伝ってくれるならうれしいわ。それになぜかはわからないけど、あなたにも気晴らしが必要な気がするし」

「ええ、ぜひそうさせて」

フローラのクローゼットをながめたあと、薄黄色のドレスにレースの縁取りを加えることでふたりの意見は一致した。

その日ずっと、ベアトリスは忙しくしていた。とにかく何かに集中していたかった。

だが自分の部屋に戻り、家族のみんなが寝静まると、おびえた母の顔が何度も目に浮かび、息をするのも苦しくなった。

このままではおかしくなってしまう。ベッド脇のキャンドルに火をつけ、借りてきた本を手に取って、フレスコ画の技法について書かれた章を開いた。やりきれない思いで天井を見つめているよりは、文字の並ぶページをながめているほうがいい。だが恐ろしい映像が頭の中で執拗に流れることに耐えられず、とうとうベッドから起き上がり、部屋の中を歩き回った。しばらくして足を止め、前を見据えた。

真実から逃げることはどうやってもできそうにない。だったら、向き合うしかないのでは。二十年前の真相を、自分で調査すればいい。

考えれば当たり前のことだ。両親の〝案件〟であると同時に、彼女自身の〝案件〟でもある。以前ファゼリー卿のために、何日もかけて調査をしたではないか。彼は見ず知らずの人間で、たまたま彼女の足元で亡くなったにすぎないのに。自分のために何もしないのはどうかしている。

まずはウェム伯爵に話を聞き、彼が話したクララの浮気についてどんな証拠があるのか訊いてみよう。矛盾点や曖昧な部分を見つけるなど、あら捜しをするのではない。伯爵が正しい判断によって結論を下したのかを確認するだけだ。

もちろん、ウェム伯爵の思い違いを期待していないとは言わない。クララとリチャードは、パイパーとバーロウに変装しているときでさえ、同性愛者だと誤解されるほど仲が良かったのだから。

ベアトリスは首を振った。自分の考えを裏付ける証拠を捜したところで意味はない。真相に近づくには事実を集めること、それこそが大事だ。ただ、ウェム伯爵に直接ぶつかってもうまくいかないだろう。クララの不倫について、彼女の娘と話し合えるわけがない。それに伯爵はリチャードの親友だったのだから、適当にはぐらかされてしまうだろう。

彼を訪ねるとしたら、どんな職業の人間に変装したらいいだろう。これまでうまくいったのは、執事と弁護士と、ピットの伝記作家か。

リチャードの執事だったら、昔馴染みの伯爵とは知り合いのはず。それにピットの伝記作家が両親の事故について知りたがるはずがない。でも弁護士だったら？ハイドクレア夫妻についてぶしつけな質問をしても許される理由が何かあるだろうか。二十年以上も経っているのだから、当然、最近の出来事に関連していないとおかしい。

最近の出来事といったら……。

その日初めて、ベアトリスは笑みを浮かべた。公爵の婚約について、公爵未亡人はさぞ不本意だろうと、たくさんの人たちがささやきあっている。というより本音では、いつ撤回するかと心待ちにしているのだろう。だったら、孫息子の婚約者について不都合な情報を集めるため、公爵未亡人が弁護士を雇ったというのは？　うん、悪くない。というか、それ以外に方法はない。

ちくりと胸が痛んだ。公爵未亡人には申し訳ない。だが事の重大さを考えれば、きっとわかってくれるはずだ。

もちろんケスグレイブ公爵だって。そう思ってからすぐ、ベアトリスは頭を振った。今彼のことを考えるのはつらすぎる。ホーレス叔父さんは、ふたりの絆は固いと言ってくれたが、彼女自身は疑っている部分もあった。

彼がベアトリスとの結婚を決めたのは、〝公爵夫人〟にふさわしい条件など重要視していなかったからだ。だが彼女としては、せめて何の問題もない血筋でありたかった。それなのに今、それすら失われてしまった。父親が母親を道連れにして自殺をしたなんて。

わたしはなんて恥ずかしい出自なのだろう。なんて情けない存在なのだろう。

ふたたび頭を振ってゆううつな気分を振り払い、変装に必要な小道具を考え始めた。前回弁護士に扮したときに使ったかばんには、古い領収書や、本からちぎりとったページがぎっしり詰まっている。あとは弁護士の名刺さえあればいい。

翌朝目が覚めると、三十分もしないうちに何枚か名刺を作成し、それからラッセルの服に着替えた。

家から抜け出すのはいつもより簡単なくらいだった。誰もベアトリスが部屋から出てくるとは思わなかったらしく、ヴェラ叔母さんなどは、朝食のトレイにたくさんの料理を並べて自ら届けてくれた。

「今日は一日、部屋でゆっくりしたほうがいいわ。誰にも邪魔はさせないから」

苦しんでいるベアトリスを見たくないというのもあるだろう。叔父さんや叔母さんですら、兄夫婦の死をいまだに乗り越えていないのだから、姪っ子はどれほどつらいだろうと。

メイフェアにあるウェム伯爵の屋敷に着くと、ベアトリスは執事に名刺を差し出し、極秘の用件で訪ねてきたと告げた。

「残念ですが、今ここでは雇い主のお名前は申し上げられないのです」ベアトリスは一オクターブ声を低くして、尊大な態度で言った。「大公妃とまではいきませんが、この上なく、とんでもなく高貴なお方ですから。そしてそのお方のご希望に沿うためにも、伯爵にお会いできるまで、いつまでもわたくしは待つつもりでおります」

伯爵の執事は、最初のうちはいぶかしげな顔をしていたが、〝この上なく、とんでもなく〟というところでベアトリスが声を張り上げると、興味をそそられたようだった。

「それでは伯爵がご在宅かどうか確認してまいりますので、しばらくここでお待ちください」

それから五分もしないうちに戻ってくると、ベアトリスを招き入れ、前に立って歩き始めた。手すりに優雅な彫刻が施された階段を上り、白い暖炉のある書斎に案内された。伯爵は革張りの肘掛け椅子に座り、コーヒーを飲んでいる。軽く会釈をすると、どのような用件で来たのかと尋ねられた。

ベアトリスはその大柄な紳士を見て驚いた。五十を過ぎた今も独身だと聞いていたし、悪い知らせを運んできたせいか、なんとなく不気味な人物だろうと思いこんでいたからだ。だが目の前にいるのは温厚そうな人物で、とても魅力的な顔立ちをしていた。広い額、長いまつげに縁取られたブラウンの瞳、形の良い唇。白いものが交じるライトブラウンの髪はすっきりと短く整えられ、前髪は少し立ち上がっている。

「お時間をいただきありがとうございます。本来であれば、面会を依頼する手紙を事前にお送りすべきなのですが、なにぶん時間が迫っておりまして」ベアトリスは低い声で告げた。

朝早く予定外の訪問を受けても、ウェム伯爵は憤慨している様子はいっさい見せなかった。

「やむを得ない場合もあるだろう。どうぞお座りください」

ベアトリスは壁面と同様、群青色の絹が張られた肘掛け椅子に腰を下ろした。

「今回の訪問の趣旨をご説明する前に、極秘の使命を帯びてわたくしがここにいるとご理解いただかなければいけません」公爵未亡人の密使としての威厳を保つべく、顔を上げたまま言った。

伯爵は軽く手を振った。

「心配は無用だよ。これまでも極秘の相談はずいぶん受けてきたからね」

「ありがたいお言葉をいただき、感謝いたします」ベアトリスは心から礼を言った。父親の旧友であるウェム伯爵は、真《まこと》の紳士のようだ。ベアトリスの悲しみはいっそう深くなった。良識ある紳士の彼をもってしても、両親を救うことはできなかったのだ。「こちらへは、ケスグレイブ公爵未亡人のご依頼でうかがいました。ご存じのように、ケスグレイブ公爵が最近ある女性と婚約をされたのですが、その、何と申しますか。残念ながら彼女は、公爵家にふさわしいとは言えない女性でして」

ウェム伯爵が即座にうなずいたので、ベアトリスの彼に対する評価は少し下がった。

「公爵未亡人はもっとすばらしい相手を望んでいたのだろう。たしかレディ・ヴィクトリアだったか」伯爵は同情するように言った。「子どもや孫に失望させられるのはよくあることだ。だがわたしは、公爵の選択がそれほど間違っているとは思わない。今回の相手のような容姿の女性なら、道徳的な問題を起こすことはないだろう。それにもらってくれる公爵家には、恩を感じているはずだ」

たしかに、社交界の誰もが同じように考えているはずだ。それでも、父親の親友だった伯爵でさえそんなふうに思っているのが悔しかった。亡き親友に対して、あまりいい感情を持っていなかったのなら話は別だが。

ベアトリスは淡々と話を続けた。

「実を言いますと、公爵未亡人はまだ望みを捨てていらっしゃいません。わたくしの入手した資料によれば、伯爵は彼女の両親と懇意にされていたとのことですが」

その瞬間、伯爵は激しい痛みが走ったように顔をゆがめたが、すぐにうなずいた。ベアトリスはそれを見て、ふたたび心があたたかくなった。やはり彼は両親の死を悲しんでいるのだ。

「ああ、親しくしていた。とてもね」

「そうですか。ではやはり、こちらにうかがって良かった」彼があっさり認めたことにホッとしながらも、飛びつくような様子を見せないようにして話を進めた。

「実は彼女の母親の品位と申しますか、そのあたりに問題があったと耳にしまして。それについて何かご存じでしたら、ぜひ教えていただきたいのですが」

「ああ、よく知っている」伯爵はきっぱりと言ったあと、厳しい口調で付け加えた。

「はっきり言ってしまうと、彼女は娼婦のような女だった」

娼婦？　ベアトリスの全身から血の気がひき、反論しようとして口を開いた。だがすぐに思いとどまった。今の自分は、この件について意見を言う立場ではない。あわてて口を引き結んだ。

「おっと、これは失礼」ウェム伯爵はコーヒーカップを持ち上げながらにこやかに言った。そのためベアトリスは一瞬、クララの娘である自分に謝罪をするつもりなのかと思った。だが伯爵は淡々と言った。「ショックを与えるつもりはなかったんだが。もちろんきみはとても若いし、適当にごまかすこともできた。だが弁護士であれば、世の中のいかがわしい部分もいろいろと知っているはずだ。それにきみが訊きたかったのは、まさにそういう話だろう。それを適当に濁したら、きみとしては無駄足になるし、きみのために割いたわたしの大事な時間も無駄になってしまう」そこで苦々しく言った。「親友の妻だったから大変言いにくいのだが、クララという女性には貞操観念がまったくなかった。ひとりの男性では満足できなかったんだ」

ベアトリスはパニックになりそうだった。ブラックスフィールド卿という愛人がひとりいただけでもショックなのに、それ以外にも浮気相手が山のようにいたというのか。もしかしてお母さまは、生まれてくる赤ん坊の父親が誰なのか、自分でもわかっていなかったとか？

伯爵はコーヒーを飲みながら、ベアトリスが答えるのを待っている。

動揺してはいけない。激しく脈打つ心臓に静かにするようにと言い聞かせながら、背筋を伸ばした。

「おっしゃるとおり、その件を確認するためにこちらに参りました。貴重なお時間を割いていただいて恐縮ですが、もう少し質問させてください。公爵未亡人には、できるかぎり具体的に報告しなければいけませんので」

ウェム伯爵は快くうなずいた。

「もちろんだよ。何でも訊いてくれ」

「ありがとうございます」どれだけ愛人がいようと、やはりブラックスフィールド卿が本命だろう。「これまでの調査では、ミセス・ハイドクレアはブラックスフィールド卿と不倫関係にあったようですが、ご存じでしたら詳しくお話しいただけませんか」

伯爵はにやりと笑った。

「きみみたいな若い男に話すのは抵抗があるな」

「ふたりのそういった関係に気づいたのはいつ頃ですか？」

「彼女が亡くなる五、六ヵ月前だ」伯爵が答えた。「それまではふたりが知り合いということも知らなかった。だが彼女が自宅前で、ブラックスフィールドの馬車から降りるところを見たんだ。単なる知人というには、別れ際の様子があまりにも親しげでね。手を握ったり見つめ合ったりと。それ以降も、一緒にいるのをよく見かけるようになった。いかがわしげな路地裏から出てくることもあったよ。正体を隠すためなのか、彼女は男装していたな。もちろん早とちりだったらいけないので、しばらく様子を見ていたが、密会の回数は増えるばかりだった。それでとうとう、ブラックスフィールドを問い詰めることにしたんだ。さすがに親友の妻に直接訊くわけにもいかないからね。結局彼はふたりの関係を認めたが、わたしにはその時点で、リチャードに隠しておく選択肢はなかった。わたしたちは親友であり、またイギリス紳士でもあったから、何があっても互いに誠実でなければならない」そこで目を伏せた。「リチャードは冷静に受け止めたよ。実に立派だった。だが実際はひどく打ちのめされていたんだろう。あんなふうに、嵐の夜にボートを漕ぎ出すという決断をしたのだから」

　伯爵が話している間、ベアトリスの胸の中では、希望と失望がせめぎ合っていた。クララとブラックスフィールドの関係を、伯爵は長い間知らなかったという。ということはつまり、クララがイギリス連帯ギルドのメンバーだと知らなかったわけで、そのせいでふたりの関係を誤解したのかもしれない。ギルドは隠れ家的な場所で会合を開くことが多かったから、それをみだらな密会だと思いこんだのでは。

　きっとそうだ。ベアトリスはそうだと信じたかった。自分の人生を決定づけた悲劇は、伯爵のひどい誤解から生まれたものだと。母クララには何の非もなかったのだと。だがそこで気づいた。いや、そのほうがはるかに悪いかもしれない。父リチャードは、何の罪もない妻を道連れにして、無理心中を図ったのだから。幼い娘をひとり残して。

「なるほど。詳しくお話しいただいて感謝いたします」ベアトリスはすっかり疲れ果てていた。さまざまな感情が胸の中で渦巻き、これ以上つらい事実が明かされないことを祈った。「まさにそれこそが、公爵未亡人のお望みになっていた情報です」

「それは良かった」伯爵はそう言って、コーヒーカップをテーブルに置いた。

「よろしければ、彼女の交際していた他の男性たちについてもうかがいたいのですが」

ベアトリスはこぶしを握りしめた。母がふしだらな関係を持った男たちの名前を、平然とした顔で聞かねばならないのだ。

ところが伯爵は何も言わず、腹立たしそうに懐中時計を取り出し、時間を確認した。とその瞬間、宝石をあしらった金の鎖が陽光を受けて青くきらめき、その美しさにベアトリスは目をみはった。だがそれは束の間の出来事で、伯爵はすぐに時計をズボンのポケットに戻した。

「わたしが時間を大切にしていることはすでに伝えたはずだが」穏やかな顔は一変して、唇をゆがめている。「大事なことは話した。これでもう満足だろう」

ベアトリスはあわてて言った。

「大変失礼いたしました。ですが――」

伯爵は顔をこわばらせた。

「すでにじゅうぶんな情報を提供してやった。これ以上知りたいのなら、探偵でも雇ったらどうだ。何もかもわたしに頼ろうとするとは、無礼にもほどがある！」

突然激怒した彼を見ながら、ベアトリスは気づいた。おそらく彼は、ブラックスフィールド以外にクララの浮気相手を知らないのだろう。それなのに彼女を娼婦呼ばわりするとは。女は男の所有物であるという考え方の持ち主で、少しでもそこからはずれたら徹底的に貶《おとし》めたいタイプなのだ。

ベアトリスのはらわたは煮えくり返っていたが、一つ深呼吸をすると、顔に笑みを張り付けて立ち上がった。

「ご指摘はごもっともです。情報がじゅうぶんでなければ、公爵未亡人はお怒りになると思い、つい伯爵を頼ろうとしてしまいました。どうぞお許しください。伯爵のご親切に甘え、貴重なお時間をさらに奪おうと考えるとは何たる愚か者でありましょう。たくさんの情報を惜しみなく教えてくださった伯爵には、感謝してもしきれません。どうぞご無礼をお許しください。公爵未亡人のぶんまで謝罪させていただきます」

ウェム伯爵は馬鹿丁寧な謝罪に気を良くしたのか、表情を和らげた。

「ミセス・ハイドクレアについて知っていることはすべて話したと考えてもらってかまわない。ただやはり最後は、公爵未亡人のご判断次第だと思う。クララの娘が公爵の妻としてふさわしいかという話はね」

ベアトリスはお辞儀をしてもう一度礼を言うと、伯爵の屋敷を出てポートマン・スクエアに向かった。おかしな話だが、気持ちがずいぶん軽くなっていた。母親の浮気相手は山ほどいたのかとおびえていたのに、たったひとりだったと知ってホッとしたからだ。

10

　自分の部屋に戻ると、ベアトリスは長い間ぼんやりしていた。時期を考えても、ブラックスフィールド卿の話と食い違いはないから、ウェム伯爵の下した結論は正しいのだろう。

　伯爵のせいで母親のことをあまりよく思えなくなったのは悔しいが、やはりブレスレットの件は気になった。卿が女性から大事な物を巻き上げるのはよく知られていたはず。そんな彼に、クララはいくらなんでも家宝を渡すだろうか。

　クララの実家に伝わる物であればまだしも、あれはハイドクレア家に代々受け継がれてきた物だ。聡明な彼女なら、自分は一時的に預かっている立場にすぎず、やがては次の世代に、おそらく娘のベアトリスに譲るべきだとわかっていただろう。そうした良識を失うほど卿に夢中になっていたとは、さすがに信じられなかった。

他にも疑問はあった。愛人に要求されて差し出すというのは、相手に従属していることになる。だが彼女は、自身の論文の「恋愛の平等」という項で、男女の関係において、女性を〝遊び相手や慰みもの〟として扱うこともある風潮に異議を唱え、女性の恋愛経験が男性並みに豊富になれば、そんなふうに軽々しく扱われないだろうと主張している。

その彼女が、男性の自尊心を満足させるためだけに、大切な家宝を渡すはずがない。それどころか、男のエゴの押し付けだと言って呵々《かか》と笑ったことだろう。

お母さま、お願い。そうだったと言って。

もしブラックスフィールド卿があのブレスレットを持っていたとしても、クララが自ら渡したのではない。おそらく何らかの手段で、たとえばクララが眠っている間に手首から外したのかもしれない。なんてずるがしこい男！

だとしたらあのブレスレットは、羽根飾りや扇子など、彼が他の不倫相手から巻き上げた安っぽい品々と一緒に、どこかに眠っているはずだ。

ベアトリスはこぶしを固めて誓った。絶対に取り戻さなければ。

それに、とにかく何かに集中したいというのもあった。両親の事故の真相を知って以来、絶えずつきまとう無力感は、何かで頭をいっぱいにしないと振り払うことができなかった。

　ただその前に、あのブレスレットが本当にこの屋敷にないのか確かめる必要がある。屋根裏部屋の収納箱は、叔母さんがベアトリスの部屋に運ばせてくれたので、中身を一つ一つ丁寧に確認することができた。

　二十年もの時を経て両親との思い出に浸れるのは、夢のようなことだった。父親のパイプを手にしたとき、目をつぶって深く息を吸い込むと、一瞬にして、ウェルズデール・ハウスの図書室にタイムスリップしていた。幼い彼女は身体を丸め、ベンジャミン・フランクリンの自伝を読む父親に寄りかかっている。

　そうだった。お父さまはどんなに難しい本でも、いつも横にいるわたしに聞こえるように声に出して読んでくれた。たとえ内容がわからなくても、耳元で響く父親の声を聞いているだけで幸せだった。自分は守られている、愛されていると心から感じられる幸せなひとときだった。

　それなのに。あれほどいつくしんで育てていた娘を、突然寄る辺のない身の上に突き落としたのだ。なぜそこまで残酷なことができたのだろう。

それでも、箱の中に、蒸気機関を改良したフィリップス社の株券の束を見つけたことで、気持ちは少し落ち着いた。レディ・アバクロンビーの話と一致する。父親はひとり娘を、無一文で世の中に放り出すつもりはなかったのだ。ブレスレットについては、ヴェラ叔母さんに直接訊くことにした。叔母さんは朝食用の部屋で、メイドとメニューを検討していた。

「まだ顔色が悪いわね」叔母さんが言った。「もう少し休んだほうがいいわ。あとでアニーに食事を持っていかせるから」

「そうしていただけると助かります」だがお腹はちっともすいていなかった。叔母さんが朝食用に届けさせたトレイには、昼食のぶんを入れてもじゅうぶんすぎるほどの量が載っていたからだ。「収納箱にはお母さまのサファイアのブレスレットがなかったのですが。大事な物なので、もしかしたら叔母さまかフローラが持っているのではないかと」

暗に非難するような言い方だったため、叔母さんが血相を変えて怒鳴りだすことは覚悟していた。

「まあ、いやあね！」

ほら来た。ベアトリスは身をこわばらせたが、叔母さんは笑いながら言った。

「フローラにあげたりしたら、ラッセルが大騒ぎするのは目に見えているじゃない。初めはぷんぷん怒って、そのあとフローラに持ちかけるはずよ。売り払って利益をふたりで分けようって。それからボクシング・サロンに意気揚々と向かい、レッスン料だと言ってお札の束をバンと差し出すでしょうね」そこで真顔になった。「だけどあれは我が家にはないの。遺品の中にはもちろん、リチャードが借りていたロンドンのタウンハウスにもなかったから、クララがなくしたと思っていたけど。いつ、どうしてかはわからない。でもわたしもずっと気にはしていたの。ダイニングルームを通るたびにため息をついているわ」

ダイニングルームを通るたびにため息を？

「どうしてですか？」

叔母さんはやれやれというように首を振った。

「何を言ってるの。肖像画に描かれたおばあさまがあのブレスレットを着けているじゃない」

サイドボードの上には、エメラルド色のドレスをまとったいかめしい女性の肖像画が掛かっている。それが父リチャードの母親であることはベアトリスも知っていたが、彼女が身に着けている宝石など、気にしたことはなかった。というより、その絵をろくに見たこともなかった。ハリエット・ハイドクレアのしかめ面の肖像画は、話に聞いている彼女の人となりをよく表していた。シャルル＝アンドレ・リュシエという無名のフランス人画家は正直すぎたのか、注文された通りに、穏やかな女性を描くことはできなかったようだ。

とはいえ、少しでも気に障ったら使用人の腕をつねるような厳しい女性だったというから、本来の自分とはかけ離れた肖像画であれば、それもまた気に入らなかっただろう。

ベアトリスは、祖母の視線を避けながら彼女のブレスレットをしげしげと見た。ハート形の輪っかがいくつもつながっていて、それぞれの先端に小さなサファイアがあしらわれている。美しいだけでなく、とても個性的だ。だから公爵未亡人の目に留まったのだろう。わたしもこれを着けてみたい。ベアトリスは自分の手首がむずむずするのを感じた。不思議だわ。これまでジュエリーを欲しいと思ったことなんか一度もないのに。

やはり何が何でも取り戻したい。

決意を新たにして階段に向かうと、叔母さんに呼び止められた。

「レディ・アバクロンビーから伝言が届いていたわ。例の件がどこまで進んでいるか知らせてほしいって」叔母さんは眉をひそめた。「披露宴への招待客リストのことかしら。あの方が口を出すことでもないでしょうに。とにかく伝えたわよ」

「ありがとうございます」ベアトリスは笑顔で返し、階段を上りかけた。

「待ちなさい。まだ話があるのよ。公爵さまから、週末に開かれる晩餐会への招待状がわたしたちみんなに届いたの。あの壮麗なタウンハウスはインテリアもすばらしく豪華だというから、ぜひお受けしたいけれど。でも両親の道徳観念が欠如していたと知って、あなたはまだ立ち直れていないでしょう。今日もほとんど部屋から出られなかったものね」叔母さんは残念そうに言った。「だから今回のご招待はお断りしましょう。機会はまだいくらでもあるでしょうから」

真相が明るみに出た今、両親の〝道徳観念の欠如〟について何度も言われることは覚悟していた。だから叔母さんを責めるつもりはなかった。叔父さんと叔母さんは、物質的にも精神的にも余裕があるとは言えないなかで、精一杯のことはやってくれた。ずいぶん嫌な思いもさせられたが、娘を平気でみなしごにした父親よりはずっとましだろう。

「そうですね。ありがとうございます」

ベアトリスはふたたびラッセルの服に着替え、辻馬車を拾い、ブラックスフィールド卿のタウンハウスがあるハーラム・ストリートに向かった。ダッチェス・ストリートとの角にある屋敷の白いファサードは、やわらかな三月の日差しを浴びて輝いている。

プジー卿の政治サロンで会ったとき、ブラックスフィールド卿が木曜の夜劇場に出かけ、その後紳士クラブで遅めの夕食をとる予定だと耳にしていた。明日はその木曜日だ。卿のタウンハウスに忍び込み、ブレスレットを捜すには絶好の機会だ。角を曲がり、タウンハウスをじっくり眺めた。忍び込むのは不可能ではない。一階の窓は、手入れの行き届いた常緑樹のせいでまったく見えない。侵入する際、通りを行き交う人たちの視線から守ってくれるだろう。あとは使用人たちだが、彼らはおそらく自分たちの居住部分にいて、ご主人さまが留守の間はのんびりと過ごしているに違いない。

一番の難関は、室内側のよろい戸の掛け金をどうやって外すかだ。ポートマン・スクエアのダイニングルームと同じなら、よろい戸の合わせ目に少し隙間があるはずだから、千枚通しなら差し込めるだろう。

そのとき、馬車がガラガラと大きな音を立てて通り過ぎた。ベアトリスは笑みを浮かべた。必要なら、無理やりこじ開けてもいい。もしよろい戸が割れたとしても、馬車の往来する音がかき消してくれる。

エレガントな解決策ではないが、他の選択肢よりはいい。メイドになりすまして卿の屋敷に潜入しても、ブレスレットを捜すチャンスは何ヵ月も待たなければ訪れないだろう。馬鹿げた案を考えているうちに楽しくなってきて、自宅に戻る馬車の中で、メイドに変装することを考えてみた。時間さえ許せば悪くないかも。もともとわたしは叔母さんにとってメイドのような存在だし。そこまでとは言わなくても、無給のコンパニオンというところかしら。

ドレスに着替えて自分の部屋から出たところで、フローラにばったり会った。

「調子はどう？　何度かノックしても返事がなかったから、寝ていたのかしら」従姉に相当つらいことがあったようだとはわかっているらしい。「今夜のメイヒュー夫人のパーティは無理することないわ。公爵さまもいらっしゃると思うけど」フローラはベアトリスの頰にやさしくキスをした。「体調がすぐれないと言っておくから。最近ひどい風邪をひいたばかりだからわかってくださるでしょう」

フローラの後ろ姿を見ながら、ベアトリスは不安になった。最近の〝風邪〟というのはすべて口実で、家族が思っているほど、ベアトリスがか弱くないことを公爵は知っている。自分が避けられていると気づき、理由を知ろうとして訪ねてくるに違いない。

そのとき彼に何と言ったらいいのだろう。正直に明かすこともできないが、嘘をつくこともできない。彼女の両親がどういう人間だったか、彼には知る権利があるからだ。〝道徳観念が欠如〟していて、それと同じ血が、彼女の中にも流れていることを。

ただそうなったらまずいと思ういっぽうで、ベアトリスは彼の訪問を待ち焦がれてもいた。

夕食までに時間があったので、ダイニングルームのよろい戸の掛け金をすばやく外す練習を始めた。使用人たちは気にも留めなかったが、祖母の肖像画から厳しい非難の目が注がれているような気がする。細い千枚通しを手に、薄暗い部屋の中で練習を重ね、十分もかからずにできるようになった。

夜になって家族が外出すると、レディ・アバクロンビーに手紙を書くことにした。調査はまだ思うように進んでいないことにしよう。母クララは、夫との約束を破ってまで、ピットに依頼された仕事の詳細をレディ・アバクロンビーに伝えていた。もしブラックスフィールド卿との関係を知ってほしければ、自分から話していたはずだ。だから確実とわかるまでは、告げるわけにいかない。

ベアトリスはこの手紙を、居間の机で書いていた。公爵は以前、劇場で叔父さんや叔母さんに会ったあと、途中で抜け出して会いに来てくれたことがあった。たしか十時を少し過ぎていたと思う。その時間が近づいていた。

手紙を書き終えると、公爵がいつ現れるだろうかとそわそわして、部屋の中を歩き回った。

そのとき大時計が鳴って、ベアトリスはハッと顔を上げた。

十一時だ。それなのに公爵はまだ来ない。

ため息をついて自分の部屋に戻ったが、すぐには着替えなかった。きっと彼は、家の中が暗くなるのを待っているんだわ。けれども真夜中に近づいたとき、今夜はもう彼が来ることはないと、認めざるを得なくなった。

つい先日、彼はまさにこのベッドに腰かけ、彼女の心の動きを完璧に理解しているとはっきり示した。それなのに訪ねてこないのは、何かがおかしいと知りながら、それが何かを突き止める気がないのだろう。これまでだったら、何をやっているのか教えるようにと迫られ、彼女がしぶしぶ答えていたというのに。

ようするに、彼女が隠していることを知りたくないのだ。

ベアトリスは苦しくて、胸が張り裂けそうだった。ベッドに横になると、涙がゆっくりと頬を伝い落ちた。それからドアに顔を向けた。

半年前、湖水地方でのハウスパーティでも同じようなことをしたっけ。あのときも、公爵が現れるのではとどきどきしながら、いつのまにか眠りに落ちていた。ふと、胸にむなしさがこみあげてきた。結局また、昔のベアトリスに戻ってしまったんじゃないの。

11

次の日の夜、茶色のスーツを着たベアトリスは、目的地に着いたのにどうしても辻馬車から降りられなかった。「着きましたよ」という御者の声は聞こえている。けれども、まるでお尻に根が生えたように座席を離れられず、全身の筋肉は、氷におおわれた木の枝のようにこちこちにかたまっている。

計画通りに進んでいただけに、思いがけない事態だった。この日は朝から絶望的な気分でベッドに臥せっていて、自分の部屋から出たのは、叔母さんとフローラと一緒に居間でティーケーキをつまんだときだけだ。夜の八時に家族みんなが出かけてしまうと、服を着替えて千枚通しをポケットに忍ばせ、辻馬車を拾ってここまでやってきた。

意気込みはある。

ブラックスフィールド卿の家に侵入するのが嫌なわけではない。

だがそれより、もっと深刻な理由があった。

ひとりで卿の家に忍び込むのが嫌なのだ。というより、公爵が一緒でないのが嫌なのだ。

これまでに関わった事件は三つあるが、調査をする際には、必ず公爵がそばにいた。彼はいつのまにか、彼女にとって、呼吸をするようになくてはならない存在になっていた。

初めから調査に加わってほしいと、彼女のほうから公爵に頼んだことは一度もない。だが振り向けば、そこには必ず彼がいた。大英博物館でも、嗅ぎたばこの店でも、彼女がどこにいても。何もかもお見通しだというような顔で現れた彼を見て、どれほど頭に来たことか。

それなのに今ベアトリスは、ハーラム・ストリートとダッチェス・ストリートの角に辻馬車を止めたまま、公爵が突然現れるのを待っていた。

そうじゃない。待ち焦がれていた。

昨日は一晩中でも待つつもりだったが、結局彼は現れなかった。だから今夜も無理だろうとはわかっていた。わかってはいたが、どうしても辻馬車から降りる気にはなれなかった。

「お客さん、着きましたよ」御者のいらだった声が聞こえた。これで三度目だ。それでもベアトリスは動かなかった。ケスグレイブ公爵の姿が目に浮かんだ。レイクビュー・ホールの彼女の部屋で暖炉の前に座っていた彼。ストランド街の歩道で隣にいた彼。大英博物館の閲覧室で、向かい合わせに座っていた彼。トーントン卿を訪ねた帰り、馬車の中での彼の姿が思い出された。弁護士の助手の役目を終え、ベアトリスのせいでとんでもなく堕落してしまったと言いながら、楽しくてたまらないという顔をしていた。

その瞬間、ベアトリスはハッとして顔を上げた。

そうか。あのときの言葉は。

あれは愛の宣言に他ならなかったのだ。彼女はあまりにも愚かで気づかなかったが。彼は忙しい身にもかかわらず、彼女の調査を優先して手伝ってくれたのだ。彼のその気持ちを、自分が愛されるはずはないと思いこんで気づかなかった。ラークウェル家のテラスで殺人犯と向き合った、あのときまで。

だがその喜びも束の間、叔母さんが八人目の従僕の話をする頃には、またしても公爵の愛情が本物かと疑念を持ち始めていた。そうした不信感は、できそこないの機械のように、恐怖と不安を次々と生み出した。

これ以上疑心暗鬼になる前に、そんなへっぽこ機械は壊してしまわなくては。気持ちを奮い起こし、バークレー・スクエアに向かうように御者に頼むと、十分もしないうちに公爵家の門の前に降り立った。目の前には、優雅な東屋が点在する前庭が広がり、その奥には、イオニア式の円柱がそびえる大邸宅がたたずんでいる。

だがベアトリスは、ロンドン一と謳《うた》われるその美しさに感嘆している余裕はなかった。ライトというかつての使用人の立場で、大邸宅の正面玄関をノックし、公爵閣下に面会を求めるのが、いかに非常識なことであるかにも気づかなかった。

「公爵さまに至急お目にかかりたいのですが」

当然ながら、執事はうさんくさそうににらんだ。恰幅のいい男で、胸板は大きな樽のように厚い。

「今夜はお出かけになっていらっしゃいます」

「それではすぐにお戻りになるよう、お伝えいただけませんか」

するとに執事のマーロウは、黒々とした太い眉をぴくぴくとひくつかせて怒りを露わにした。家令だと名乗っているが、実際には職歴も地位も定かではない若造のくせに。お目通りがかなうはずもない公爵閣下を呼び戻せだと?

「それほど重要な用件があるなら、まずは明日の朝にでも手紙をよこしたまえ。そもそも、こんな夜遅くに訪ねてくること自体、失礼きわまりないことだ」

ベアトリスは、自分はこの横柄な男をまもなく監督する立場になるのだと気づいて、背筋が寒くなった。だが今はそんなことを考えている場合ではない。

「今すぐ閣下を呼びにいかないと、後悔することになりますよ」声を低くして、さらに付け加えた。「結果として、重大な悲劇を招くことになるでしょう」

〝悲劇〟とはいっても、公爵が夜遅くに帰宅し、彼女が玄関先に座っているのを発見したら真っ青になるという程度のことだ。それでも公爵を全面的に信頼すると決意した今、何が何でも彼に会って話すつもりだった。マーロウのほうは、ベアトリスが自分に危害を加えると脅しをかけたと思ったらしい。威厳を保ってきっぱりと言った。

「公爵閣下は、街のごろつきなどと会うお方ではない」

ごろつきですって？　めったに聞かない言葉にベアトリスは思わず笑いそうになり、ごまかそうとしてあわてて咳きこんだ。

それを見て、マーロウは青くなった。

「なんと。ごろつきの上に、たちの悪い風邪までひいているのか。さあ、ばい菌をまき散らす前にとっとと帰ってくれ」

執事がドアを閉めようとすると、ベアトリスはすかさず敷居に足を突っ込んだ。ここで引き下がってなるものか。執事が彼女を押し戻そうとして、激しいもみ合いになった。するとこの騒ぎに気づいたのだろう、奥から声がかかった。

「マーロウ、どうかしたのか？」

「いや、問題ありません。大丈夫です」執事の沽券《こけん》にかかわると思ったのか、マーロウはあわてて否定した。

だが声をかけた男は玄関までやってきて、ベアトリスを見た瞬間、息をのんで叫んだ。

「ライトくんじゃないか！」

公爵家の家令のスティーブンズだった。彼は以前、ライトに扮したベアトリスに家令としての地位を奪われるのではと、憤慨したことがあった。過去の事件の調査の際、被害者の屋敷に潜入するために、自分は公爵の新しい家令だとベアトリスが名乗っていたからだ。作戦上やむを得ずではあったが、そうした経緯をスティーブンズに明かすわけにはいかず、公爵は彼の目の前で、ベアトリスの扮するライトを、家令の職から解雇したのだった。

「ご存じなのですか？　その……この男を」マーロウはごろつきと言いたいところを我慢して尋ねた。

「ああ、ほんの一瞬だが、公爵さまの家令として雇われていたことがある。まあ臨時というところだ」スティーブンズが説明した。

「記憶にありませんが」マーロウが言った。

スティーブンズは勝ち誇ったように唇をゆがめた。

「無理もない。あまりに短い期間だったからな。さて、ライトくん。いったい何の御用かな？　仕事をさがしに来たのなら帰ったほうがいい」

ベアトリスは知った顔を見つけてホッとし、すぐに公爵を呼びにやってほしいとふたたび頼んだ。案の定はねつけられたので、さらに頼んだ。

「では、御者のジェンキンスさんに会わせてください」

「公爵さまをお送りしていって、お帰りの時刻まで待機している」

マーロウは、アリでもにぎりつぶすような視線でベアトリスをにらみつけた。なんて意地が悪いのだろう。こんな男を監督するくらいなら、八人の従僕のほうがずっとましだわ。

「わかりました」彼女は言った。「公爵さまのお屋敷でライトが緊急にお会いしたいと、ジェンキンスさんに伝えにいっていただきたい。一時間もしないうちに、公爵さまをお乗せして戻ってくるでしょう。先ほども言いましたが、重大な悲劇を招きたくなければ、今すぐに」それからスティーブンズに向かって言った。「わたしは居間で待たせてもらいます。監視したければご一緒にどうぞ。飲み物を出してくださってもかまいません」

ひらきなおって言い放ったのはいいが、広大な玄関ホールに足を踏み入れたとたん、ベアトリスはよろめきそうになった。天井はあくまでも高く、古代ギリシャふうの彫像が飾られ、大理石の階段はギリシャの神殿のように豪華だ。バークレー・スクエアの南西の角に位置するこの大邸宅は、外から見るよりもさらに威圧的だった。ベアトリスは、居間に腰を落ち着ける頃には怖くてたまらなくなっていた。こんな大層なお屋敷の女主人になれるはずがない。使用人の数が膨大だと叔母さんから聞いたときも身のすくむような思いがしたが、あんな話は脅しとも言えない。

ソファに座って身を縮めながら、金箔や細かい装飾を施した漆喰仕上げの優雅な部屋を眺めた。天井のフレスコ画には、ギリシャ神話からのさまざまな場面が描かれている。これほど豪華絢爛な部屋でくつろげるとは、どういう人間なのだろう。

ベアトリスは生まれて初めて、叔母さんの言うことは正しかったと思った。ハイドクレア家の人間が暮らすような場所ではないと。

たとえ彼女が女主人になっても、執事のマーロウが紅茶のセットをうやうやしく運んでくるとは思えない。厨房から自分で持ってこいと言いながら、見下したように、太い眉をぴくぴくと動かすのではないか。

毛虫のような動きを思い浮かべ、つい笑ってしまうと、スティーブンズがいぶかしげに彼女を見つめた。ベアトリスが銀食器でも盗む気ではないかと思ったらしい。困った。そわそわ動くのはまずいから、部屋の中を歩き回るわけにもいかないし。

実を言うと、じっと座っているのが嫌なのではなかった。公爵を待つことが耐えがたいのだ。

本当に来てくれるだろうか。そして正直にすべてを話したあとも、変わらずに接してくれるだろうか。

大時計が容赦なく時を刻む音を聞きながら、豪華な居間でじっとうつむいている彼女は、かつてのベアトリス・ハイドクレアその人だった。どの舞踏会に行っても、誰よりも冴えない行き遅れの女。何か言わなければと必死になって、結局は何も言えないままの退屈な女。

とそのとき、夜会服姿の公爵がブロンドの髪をなびかせ、大股で入ってきた。ベアトリスと目が合った瞬間、ブルーの瞳を輝かせ、いつものように唇の片端を楽しそうに上げた。家令には気づいていないのか、目もくれない。スティーブンズは公爵が入ってきたのを見て跳びあがり、このおかしな状況をうまい具合に説明しようとしてか、冷や汗をかいている。

ただベアトリスの耳には、スティーブンズの言葉は一つも入ってこなかった。公爵の姿を見たとたん頭が真っ白になり、彼の目を見つめることしかできなかった。

やっぱり来てくれたんだわ。

彼はスティーブンズの言葉をさえぎって言った。

「おまえが慎重になるのも無理はない。このライトは実に信用ならない男だからね。だがここはぼくに任せてほしい。ジェンキンスに伝言をしにきてくれたマーロウのことも、よくねぎらってやってくれ」

ベアトリスは自分に驚いていた。公爵を目にしただけで、恐怖心が泡のように消えてしまい、彼の姿にしばらく見惚れていたいとさえ思った。無駄にしている時間はないのに。説明すべきことは山ほどあるし、彼も訊きたいことはたくさんあるだろう。

公爵はベアトリスに近づきながら、楽しそうに言った。

「婚約したというのにぼくを避け続けるつもりなら、当分結婚はしたくないということかな。それなら、具体的な病名のリストを作ったほうがいい。いつもいつも、〝漠然とした不調〟で済まされては、納得できないからね。もちろんぼくもリスト作りには協力するよ。見落としをしないよう、アルファベット順に並べるのがいいな」

ベアトリスはにっこりとほほ笑んだ。

自分はいったい何を恐れていたのだろう。

公爵は彼女のそばまで来たが、横に座ろうとはしなかった。彼女は立ち上がり、肘掛け椅子の後ろに回ってその背にもたれ、前置きもなく話し始めた。

「実は今、両親が亡くなった二十年前の事故について調べているのです。そしてどうやら、父が母を道連れにして、自殺したようだとわかりました。不倫関係にあったブラックスフィールド卿の子を母が身ごもり、それを知った父が精神に異常をきたした結果らしいと。もちろんまだ調査の途中ではありますが。ただ今夜お訪ねしたのは、それとは別に、ブラックスフィールド卿のお屋敷に忍び込むためなのです。というのも、母の大事なブレスレットが遺品の中にはなく、もし彼のもとにあるのなら取り返したいと思いまして。よろしければ、これからわたしと一緒に卿の屋敷に忍び込み、ブレスレットを捜すのを手伝っていただけませんか」

ベアトリスは包み隠さず、また自分でも驚くほど冷静に話した。まるでリスト上の項目を淡々と読み上げているかのようだった。だからといって、内容のおぞましさが軽減されるわけではない。ベアトリスは公爵が沈痛な表情をするのを見逃さなかった。

口を閉じると、たくさんの質問が飛んでくるのを静かに待った。この忌まわしい話をとにかく伝えなければと、詳しいことは省いてたから、訊きたいことはいろいろあるだろう。それでも丁寧に答えればきっとわかってくれて、一緒に卿の家に行ってくれるはずだ。

すると公爵は、神妙な顔で言った。

「わかった」

ベアトリスはぽかんと口を開けた。

わかった？　そのひと言だけ？　いつもなら結論を出す前になんだかんだ言うのに、からかっているのだろうか。ショッキングな事実に踏み込む前に、まずは落ち着かせてくれようとしたのか。

けれども、すぐに気づいた。そうじゃない。

公爵はひと言で表明したのだ。自分も一緒に行くと。何があっても、きみの味方だと。

ベアトリスは息をするのも苦しかった。どうしてそこまで彼女を信じられるのだろう。尊大でもったいぶっていて、ひけらかし屋で、自分は誰よりもすぐれていると信じている、そんな公爵が。

ベアトリスは何度も深呼吸をしてから、ようやく言った。

「いいですか、公爵さま。もしあなたがそんなふうにあっさりひと言で片づける方に変わってしまったのなら、今すぐ婚約を解消し、長広舌をふるう紳士を捜しにいくことにします」

彼女は肘掛け椅子の背もたれを、盾のようにして握りしめた。すると公爵は彼女の手を取ってソファに座らせ、自分も隣に座ると、彼女の額にキスをした。

「誰かの屋敷に侵入するなら、慎重に計画をたて、速やかに行動に移す必要がある。だからいつもみたいに演説をしている暇はないと思ったんだ。とりあえず、潜入する前にぼくたちにどれぐらい時間があるのか教えてくれ」

ぼくたちに？　今回の計画はもちろんのこと、これからもふたりはつねに一緒に行動するのが当然のようではないか。

「今夜ブラックスフィールド卿は、ミセス・パーマーとお芝居にいらして、そのあとでヌニートン子爵と紳士クラブで夕食をとる予定です。まだ十時半ですから、少しならお話しする時間はあります。いろいろと質問がおありでしょうし」

「ああ」公爵はほほ笑んだ。「いろいろとね。プジー卿のサロンに行ってきみがどう思ったか知りたかったんだ。あそこは難解なテーマについて、訳知り顔に弁舌を振るう政治家たちが集まっていることでよく知られている。ぼくの経験上、きみはああいった、自分の意見をひけらかすような場には興味がないと思ったんだが」

「経験上というのは、ご自分がもったいぶって話しているとお認めになるわけですか？」

あのサロンに彼女が行ったことを公爵が知っていても、驚きはしなかった。参加者の誰かから聞いたのだろう。叔母さんが嘆いているように、ベアトリスは今や注目の的なのだから。といっても、ただ単に公爵を射止めたからではない。数々の悪条件をものともせず、公爵夫人の座を手に入れた〝凄腕の女〟としてらしい。

「もったいぶっているかどうかは聴衆が判断を下すんだよ」

「どうでしょうか。公爵さまの場合は、話す前から聴衆を魅了しているので、彼らは公平な判断が下せないのでは」彼女は笑顔で言った。「サロンはとても楽しかったです。ミセス・パーマーが、並みいる紳士たちをたじたじとさせているのが小気味よくて。まるでワーテルローの戦いでウェリントン将軍がフランス軍を叩きのめしたようでしたわ。ただ公爵さま、本当にお知りになりたいのはそんなことではないはずです」

「ああ、その通りだ」公爵は言った。「きみがウェム卿を訪ねたことや、フリート・ストリートの〈アディソン〉に行ったことも気になっていた。あそこはなかなかいい店だから、次回はぜひぼくも誘ってくれたまえ」

天気の話でもしているように淡々とした口調だったが、彼女をびっくりさせたことがうれしいのか、ブルーの瞳は勝ち誇ったように輝いている。

「なぜわたしの行動を逐一ご存じなのかは、今はお訊きしません。ブラックスフィールド卿は夜中の二時には帰宅されるでしょうし、公爵さまが得意満面でお話しされると時間が足りなくなりますから。それにこの一週間、わたしはそういう全知全能の公爵さまに頼りたくてたまらなかったのです。公爵さまのお力添えがないと、なんだか寂しくて」

そんなうれしいことを言われて、公爵が我慢できるわけがない。ベアトリスはライトの格好をしており、使用人がいつ部屋に入ってきてもおかしくないというのに、彼女をひしと抱き寄せ、熱烈なキスをした。

ベアトリスも彼の熱意に応えた。彼とのキスは初めてではないのに、毎回頭が真っ白になるほどうっとりしてしまう。心臓は高鳴り、身体じゅうの血が熱くなり、彼の中に溶けてしまいたいという思いに苦しくなる。彼をもっと近くに感じたくて、燕尾服の中に両手を滑り込ませた。

するとと公爵はゆっくりと身体を離し、これ以上はだめだというように顔を上げた。だが結局はまた頭を下げ、短いキスを何度か繰り返した。そしてようやく覚悟を決めたように言った。

「これでは二時までに目的を達成することはできない。そろそろ出発の準備をしよう。ただその前に、取ってきたい物がある」

「待って、ダミアン。わたしの父が母を殺したことは話しましたよね。別の男性の子どもを身ごもっていた母を道連れに、自殺をしたと」それほど重大なことを追及もせず、部屋から何か取ってくるなどとはのんきすぎる。「それについてお尋ねにならないのは、おかしいではありませんか」

離したばかりのベアトリスの両手を、公爵はふたたび握りしめた。

「事実だとしたら、本当に恐ろしく悲しいことだ。きみがどれほどショックを受けたかと思うと、胸が張り裂けそうだよ。だがね、話してくれた以上に、ぼくに詳しく伝える義務はないし、ましてや、ぼくに負い目を感じる必要はまったくない。きみが話したいと思うことだけを話してくれればいい」

ベアトリスはまたしても、口をぽかんと開けた。これまでの人生で、愛とはどんなものかしらと考えたことは、数えきれないほどある。社交界にデビューして舞い上がっていた頃は、それこそ毎日のように。それでもまさか、自分のことを無条件に信頼してくれることだとは、夢にも思わなかった。

彼女が驚いているのを見て、公爵はほほ笑んだ。

「この四日間、ぼくが何をしていたか知っているかい？」

ベアトリスは首を横に振った。

「待っていたんだ」公爵が言った。

「待っていた」ベアトリスは、訳がわからないまま繰り返した。

「きみがぼくを信頼して頼ってくれるのを待っていたんだよ」彼女の手のひらを、親指でそっとなぞった。「祖母の家から馬車で送っていくとき、きみは上の空で、ぼくの話はほとんど聞いていなかった。だから何か辛辣《しんらつ》な言葉をかけてほしくて、大法院にある書類入れの籠の歴史について、長々と講義を始めたほどだ」

そのとき頭が混乱していたのは、ベアトリスも覚えていた。だがそこまで彼の話を聞いていなかったとは。

「たしかにあのときのお話は、断片的にしか思い出せません。じゃあ今からでも、辛辣な言葉をぶつけましょうか」

「ありがたいが、今は遠慮しておこう」

彼がさらりと言い、彼女はうなずいた。

「きみが何かで動揺しているのはわかっていたから、力になりたくて、きみの部屋に忍び込んでその理由を突き止めたいと思った。でもそのときふと、気づいたんだ。自分はいつも同じことをやっている、どこかできみをつかまえ、何をするつもりか、無理やり白状させているじゃないかと」彼は続けた。「きみのほうから、ぼくのもとへ来たことは一度もない。それで思ったんだ。これはぼくが望む結婚の形ではない。いつもいつも、きみをなだめたりすかしたりして話を聞き出そうとするのは。そうではなく、きみのほうからぼくに打ち明けに来てほしかった。というより、安心して相談できる相手だと思えるほど信頼してほしかった。そしてきみは今夜、こうしてぼくのもとに来てくれた。四日もじらされてようやくだ。人生で一番長い四日間だったよ。昨夜ミセス・ハイドクレアから、きみが体調をくずしていると聞いたあとは特にね。きみの部屋に押しかけたいという衝動に必死で抗った。結局思いとどまったのは、信頼というのは、要求して勝ち得るものではないとわかっていたからだ。無条件に、つまり相手の自由意志によってのみ与えられるもので、そうでなければ意味がないと」

その同じ夜、ベアトリスは、惨めな気持ちで泣きながら眠ってしまった。公爵はとうとう正気に返り、ろくでもない女とは結婚できない、そう気づいたのだと思いこんで。

苦笑いしながら言った。

「そうでしたか。でも公爵さまが衝動に負けて訪ねてくださっても、じゅうぶん満足のいく結果になったと思います。あなたはもうわたしのことなんかどうでもいいのだと、絶望的な気分になっていました。実際、公爵さまを待ちながら眠ってしまいました。前にも一度同じことがありましたが、三度目はもうないことを願います」

「前にも一度?」公爵が声を上げた。「いつきみに、そんな思いをさせたかな?」

「スケフィントン侯爵のハウスパーティで。あのとき事件が解決し、警察官が犯人を連れていったあとです。わたしはてっきり、公爵さまが窓から入ってきてふたりでお話しできると思っていました。犯人逮捕に向け、力を合わせた仲間として、事件を一緒に振り返りたかった。あなたも同じ気持ちだと思っていたのですが、それはわたしの一方的な思いこみだったのです」

「いや、違う。ぼくもあのとき同じ気持ちだった」公爵は彼女の手を取って唇に近づけた。「特にあの廃屋でのことをもっと聞きたかった。どれほどつらかっただろうかと。だが殺人犯が野放しという緊急事態でもないのに、きみの部屋にこっそり入るのは許されないと思った。それに今ふりかえれば、あえて行かなかったような気もする。はっきりとは自覚していなかったが、あのときすでに、きみに惹かれていたんだ」

ベアトリスは彼の告白が素直にうれしかった。感謝の印としてそっとキスをしたが、それはすぐに情熱的なものへと変わった。

「ベア、待ってくれ」公爵はキスの合間にやさしく言うと、唇を離して立ち上がった。「今夜もしブラックスフィールドの屋敷に侵入する機会を逃したら、ひどく後悔することになる。そしてきみはぼくのせいだと責め続け、次にどこかの屋敷に忍び込むときも、ひとりで出かけるだろう。そこでぼくはあわててきみを追いかけ、こっそり忍び寄るが、そうしたらどうなる？　きみは間違いなく悲鳴を上げ、大騒動になってしまう。だから今はぼくを解放してくれ。必要な物を取ってきたら、すぐに出かけよう」

「わたしが侵入しようというときに忍び寄る？　そんな愚かな方だとは思いませんでした。やっぱりあなたが部屋に向かった隙に、ひとりで出かけようかしら」

「そうしたければそうしたらいい」彼はにやりと笑った。「だが今から取ってくる道具があれば、どんな鍵でも開けられるんだがな。きみが植え込みの陰でよろい戸を壊そうと四苦八苦している間に、ぼくが母上のブレスレットを見つけてみせようか」

「掛け金です」

「なんだって？」

「わたしはよろい戸を壊したりしません。千枚通しで掛け金を外し、侵入するつもりでした。でも、わかりました。その魔法の道具を取っていらしたら出かけましょう」

公爵はすぐに戻ってきた。御者のジェンキンスに目的地まで送ってもらう間、ベアトリスはどんなブレスレットかを公爵に伝え、ブラックスフィールド卿が持っていると考えた理由も説明した。

「うん。ラルストン夫人の言うとおり、彼のやり口はこの二十年変わっていないと思う」公爵が言った。「まあ歳をとったせいか、今のほうがずいぶんおとなしいかな。相手の女性の夫や父親を怒らせて喧嘩になるのは避けたいんだろう。それでも相変わらず、関係した女性たちに、記念になるような物をねだっているらしい。ヌニートンの話では、卿は最近、レディ・ウィショーが大事にしていたインドのショールを見せびらかしていたそうだ」

卿の屋敷に着いたのは十一時半近くで、外から見る限り、室内は薄暗い。玄関に通じる階段を上ると、公爵は両端が鍵の形をした鉄の道具を取り出した。そしてその一方を錠に差し込むと、左右に小刻みに動かしながら、ベアトリスに得意げに説明した。

「ほとんどの錠前はそれほど複雑ではないんだ。一般的な合鍵で開けられる場合もある。もちろん非常に精密で、専用の鍵が必要なものはある。ぼくの経験では、スイス製の錠前が最高なんだが、ここの鍵はおそらく、地元の錠前屋が作ったものだろう。悪くはないが、スイス製には程遠い。だからほら、このとおり」彼はゆっくりとドアを開けてみせた。

屋敷の中は静まり返っていた。思ったとおり、ほとんどの使用人たちは眠っているようだ。ブラックスフィールド卿が戻ってきたとたん、家じゅうが目覚め、従僕が玄関に駆けつけるのだろう。

玄関ホールのランプにはキャンドルが灯り、奥まで続く廊下を照らしている。ベアトリスは、公爵について階段に向かった。歩くにはじゅうぶんに明るかったが、気を付けてはいても、足を踏みしめるたびにミシミシと音がした。

ふたりは無言のまま、二階の踊り場に着いた。

公爵が三階に行くようにと手振りで示し、ベアトリスは黙ってうなずいたが、一歩踏み出すと、ヴァイオリンが悲鳴を上げたような音がした。

彼女はその場で静止し、耳を澄ませたが、誰かが駆けつけてくることはなかった。

三階まで上ると、階段の正面にブラックスフィールド卿の部屋があった。公爵はベッド脇のサイドテーブルからキャンドルを二本取り出し、踊り場にあるランプで火を灯すと、部屋で待っていたベアトリスに一本を渡し、そっとドアを閉めた。

「ぼくはこっちの部屋から調べる」公爵がささやいた。「きみはクローゼットを調べてくれ」

ベアトリスはうなずき、すぐに作業に取り掛かった。奥の壁際にある大きな飾り棚から始め、右側の棚に移った。どこも整然としていたので、薄暗い中でも問題はなかった。ヴェストは一ヵ所にまとめて吊るされ、クラバットや靴はきれいに並べてある。洗面台も同様で、ブラシやカミソリは大きさの順に置かれていた。懐中時計に付けるリボンや靴下を入れた小さめの箱もあった。けれども残念ながら、恋人たちから集めたお宝が入るほどの大きな箱は見当たらない。

寝室に入ると、公爵が膝をついてベッドの下をのぞきこんでいた。そこで彼女もキャンドルをテーブルに置き、身をかがめて、彼の視線の先を見た。幅一メートルほどの木製の箱があり、ふたには可憐な花が描かれている。ひと目見て、ベアトリスは直感した。この箱だ。ロマンスの思い出をしまっておくにはぴったりだもの。

「何か収穫は?」公爵が訊いた。

「いいえ。整理整頓が行き届いていて、抜け目のない紳士だとわかっただけです」

「ぼくのほうもだ」キャンドルをベアトリスに渡し、両手で木箱を引き出した。「だがまだ、これが残っている」

彼はポケットから例の秘密道具を取り出すと、木箱の錠前に差し込んだ。

「ぼくが育った城は、鍵のかかったものであふれていた。鍵のかかった飾り棚、鍵のかかったドア、鍵のかかった木箱」

「そのお城は、ラドクリフ夫人(十八世紀に活躍したゴシック小説の大家)が設計したのでしょうか?」ベアトリスが尋ねた。

公爵がクックと笑った。「そこまでおどろおどろしくはないんだがな。ただ単に、鍵がたくさんある大きな屋敷で育ったというだけだ。家が大きければ大きいほど、鍵の数も多くなる。だから鍵を開けるのが得意になった。開けてはいけないと言われてばかりだったから、悔しくてね」

「なんでもかんでも秘密にされていたと」

「そうなんだ。たいしたものも入っていないのに」彼がうなずいたとたん、木箱の鍵が開いた。「さあ、ブラックスフィールドの秘密の花園に踏み込むとするか」

ベアトリスは木箱のふたが全部開く前に、それが目当ての物だとわかった。インド製のショールが目に入ったからだ。卿が最近手に入れたというレディ・ウィショーの物だろう。全体が淡いローズ色で、青や緑、黄色の可憐な花で縁取りがされている。手に取ってみると、すばらしく上質なシルクだとわかった。それを脇に置き、はやる気持ちを抑えながら、箱の中をのぞいた。

すばらしいコレクションだった。指輪やブローチ、手袋、リボン、ロケット、イヤリング。高価な物も数多くあったが、そうでなくても魅力的な物ばかりだ。どれも大切にされてきた物だと、ひと目でわかる。相手の女性を描いたと思われる細密画もあった。粉をふりかけた鬘《かつら》を着けているから、十八世紀末の物だろうか。マドモアゼル・エロディ・アンドレによるフランス語の手書きの詩集や、鳥や植物が描かれた磁器の香水瓶もあった。蒸発してしまったのか、中身は空だったが、バラの甘い香りがほんのり漂っている。

何よりもうれしかったのは、ミス・エンブリー・デニスの羽根飾りを見つけたときだった。彼女はクララと同年代だから、母のブレスレットもこの中にあるに違いない。

けれども公爵が最後に取り出したのは、東洋ふうの扇子だった。

「見落としたのかしら？　他の物の中に入り込んでしまったのかも」

公爵がうなずいた。

「木箱に戻す前に一つ一つ手渡すから、丁寧に確認したまえ」

だがやはり、どこにもなかった。

「床に落ちているのかも。木箱とかベッドの下に」

薄暗いから、見逃した可能性はある。公爵が木箱を持ち上げ、ベアトリスがその裏側や床をのぞきこんだが、やはりない。今度はベッドの下に潜り込み、腕を大きく動かして、床の隅々まで調べた。

ない。

どういうことだろう。

公爵を振り向こうとしたとき、彼が突然キャンドルを吹き消し、辺りは真っ暗になった。それから彼はベアトリスをベッドの下に押し込み、そのあとから自分も潜り込んだ。

「何を――」

答えを聞かずとも、理由はすぐにわかった。階段のきしむ音が聞こえたのだ。誰かが上ってこようとしている。漆黒の闇の中で、ベアトリスは公爵の手を握りしめた。耳元で彼の声がした。

「ブラックスフィールドが戻る前に、従者が窓を開けて外気を入れているだけだ。ほんの数分で済む」おかしそうに続けた。「こんなふうにベッドの下に隠れると、妙に落ち着くよ。子どもの頃しょっちゅうしていたからかな」

ベアトリスは彼ほど楽天的にはなれなかったが、こんな状況さえ、楽しい経験だと思わせようとする心遣いには感謝した。

彼が彼女の手を握ったとき、ドアが開いた。従者の重い足音が室内に響き渡り、公爵の言ったとおり窓を開ける音がした。

だが従者はすぐには出ていかなかった。足音の方角からして、クローゼットに向かったようだ。ベアトリスの動悸が激しくなった。動かしたものを全部元通りにしておいただろうか。目を閉じて思い出そうとしたが、とても暗かったし、急いで出てきたから絶対とは言えなかった。

とはいえ、シャツの襟が少しぐらいずれていても、誰かが侵入したとまでは考えないだろう。万一考えたとしても、今この瞬間、犯人がベッドの下に隠れているとは思わないはずだ。

心配することはない。従者が四つん這いになってベッドの下をのぞくなんてまずありえな――。

「主人が帰る前に簡単に点検しているんだろう」公爵がささやいた。「逃げるなら今のうちだ。大丈夫、きみはすごくついているんだよ。これまで何度もベッドの下に隠れた経験のある人間と一緒にいるんだから。これが誰か他の、たとえばヌニートンと一緒だったら、どれほど危険だったことか。こんなとき、彼はまったく役に立たないからね」

ベアトリスはびくびくしながらも、公爵の言葉を聞いて黙ってはいられなかった。「役に立たないですって？　ヌニートン子爵はここのご当主の甥ですもの。いくらでも言い訳はできそうだわ」

「いや、今回だけに限ったわけじゃない。とにかく」公爵はあわてて言った。「ドアは目の前にあるから、慎重に身体の向きを変えて足から先に出よう。立ちさえすれば、すぐに走りだせる。これまでいろいろ失敗した結果、そう学んだんだ」

ベアトリスは、こみあげてくる笑いを必死でのみ込んだ。

場数を踏んでいるせいか、公爵はあっという間に向きを変え、ベアトリスも言われたとおり、足を外に向けて仰向けになった。

ベッドの下から出ると、すばやくドアを開けて脱出したが、公爵は階段の上で立ち止まり、床板がきしまないようにゆっくりと下り始めた。後ろにいたベアトリスは気がせいていらいらし、ようやく一階に着き、薄暗い光の先に玄関のドアが見えたとたん、矢も楯もたまらず走りだした。入るときに鍵をかけてこなかったので、ドアはすぐに開き、ふたりは三月の生暖かい夜に踏み出した。

ベアトリスは一度大きく深呼吸をしたが、速度を落とさずに歩き続け、一ブロック離れたところまでくると、はしたないとは思いつつも、ラッセルの服に身を包んだまま、公爵の胸に飛び込んだ。いつもは冷静な公爵も、ホッとした顔で彼女を抱きしめた。もし馬車が待機していなかったら、ふたりがどんなスキャンダルを起こしていたかはわからない。

12

翌朝、ヴェラ叔母さんは姪っ子のバラ色の頰を見て首をかしげた。いつもは血色が悪いのに、よく眠れたということだろうか。

「めずらしく顔色がいいわ。たっぷり休養できたようね」そう言ったそばから、自分で否定した。「いいえ、眠りすぎたのかも」

「眠りすぎた？」ベアトリスは紅茶に砂糖を入れながら尋ねた。「おっしゃる意味がわかりませんが」

「そんなにたくさん眠れるのは、よほど疲れがたまっているんでしょう。どこか悪いのかも。よく見ると頰も赤すぎるし、熱があるに違いないわ。すぐに部屋に戻りなさい。エマーソン夫人に栄養のあるゼリーを持っていかせるから」

ベアトリスは声を上げて笑った。

「ご心配には及びません。体調はすごくいいし、頰が赤いのは幸せだからです」

ヴェラ叔母さんは眉間にしわを寄せた。まるで複雑な数式を解けとでも言われたような顔だ。

「幸せですって？　両親の事件の真相がわかったのにおかしいじゃないの」

「えっ、なあに？　ベアの両親の事件って」トーストにバターを塗っていたフローラが顔を上げた。

ベアトリスは苦笑いした。姪っ子の元気な姿を見たら、喜ぶとまではいかなくてもホッとすると思ったのに。ただ長年一緒に暮らしていて、叔母さんのおかしな思考回路には慣れていたので、驚きはしなかった。

「だったらわたしは、死ぬまで傷ついた顔をしていなければいけないんですか？」

叔母さんはあわてて否定した。

「いいえ、もちろんそんなことはないわ。ただね、まだ一週間も経っていないじゃないの。ふつうはもう少し……そうね、一ヵ月ぐらいは」

ベアトリスはおかしくてたまらず、含み笑いをした。

「もしかしたら叔母さまは、わたしが不幸のどん底にいるべき期間を決めたいのでしょうか」

「馬鹿なこと言わないで。ただやっぱり、もう亡くなってはいるけど、その幻影を思い浮かべて、しばらく喪に服したいのではと思っただけよ。大変なショックを受けたわけだから、立ち直るまでに時間が必要でしょうし」

フローラは今度は持っていたナイフを置いた。

「幻影を思い浮かべて喪に服したい？　もしかして、デイヴィスさんが亡くなったのをまだ嘆いているの？　ベアったら。もうとっくに乗り越えたと思っていたのに。公爵さまの愛だけでは癒やされないの？」

ベアトリスは危うく声を上げそうになった。いったいいつまでデイヴィスさんが登場するの？　どうやら彼の死は、フローラの胸に深く刻まれており、従姉に何かあった場合、必ずその原因となるようだ。

「わたしだってあなたを守ろうと努力したのよ」ヴェラ叔母さんが言った。「一生懸命隠しとおそうとした。それなのにあなたはあきらめずに掘り起こし、とうとう真相を突き止めてしまった」

おかしな非難だこと。つい三日前まで、両親の死についてわたしが尋ねたことは一度もなかったのに。だが反論する前にラッセルが入ってきて、フローラの隣に座った。会話の最後のほうを聞いていたらしく、叔母さんに尋ねた。

「真相を突き止めたって、いったい何の？」

「わたしも知りたいんだけど」フローラがトーストを手に取りながら言った。「ふたりとも教えてくれないのよ。でもベアの両親と関係があるらしいわ。お母さまは、今朝ベアの機嫌がいいのが面白くないみたい」

「面白くないわけじゃないわ」叔母さんがつぶやいた。「驚いているだけ」

ラッセルはティーカップに紅茶を注ぎ、ベアトリスを見た。

「何でそんなに機嫌がいいんだい？　ボクシング・サロンにぼくが通う費用をきみの両親が遺しておいてくれたとか？」

フローラが兄をにらみつけた。

「なんでそう、何でも自分の都合のいい話にもっていくのよ。ベアはね、今夜スターリング家の舞踏会があるから浮き浮きしているだけよ」

ベアトリスが説明した。

「これから公爵さまと出かけるの。もうすぐ迎えにきてくれるはずよ」

嘘ではないが、それだけが機嫌のいい理由ではなかった。

昨夜、ブラックスフィールド卿の家にクララのブレスレットがなかったことで、胸に希望の灯がともっていた。叔母さんから聞かされた両親の死の真相は、もしかしたら間違っていたのかもしれない。クララがブラックスフィールド卿と不倫関係になかったのなら、お腹の子は、父リチャードの子になる。だとしたら、彼が怒りにかられ、妻を道連れに自殺するはずがない。たとえばイギリス連帯ギルドの幹部の誰かにより、暴風雨の中、穴の開いたボートに無理やり乗せられた可能性もある。

そうよ、あり得ない話ではないわ！

そんなことを喜ぶのは馬鹿げているが、両親は憎み合って亡くなったのではない

――今望むのはただそれだけだった。母親がどれほど恐ろしい目に遭ったとしても、それが最愛の夫の手によるものではないことを、心から願っていた。

昨夜公爵とベアトリスは、御者のジェンキンスを待たせたまま、今後の計画について、馬車の中で長く話し込んだ。

「ここまできたら、ブラックスフィールドに正面からぶつかるべきだと思う」公爵が言った。

「きみの考えを率直に話し、彼にもそうするようにうながすんだ。経験のないことだから不安だろうが」

続いてその戦略の利点を挙げ始めたが、例によって回りくどく、ようやくその講義をやめたのは、彼女がこう言ったときだった。

「わかりました。ではブラックスフィールド卿に早急に会いたいと、ヌニートン子爵にお願いします」

「その必要はない」公爵はあわてて言った。「明日の朝、ぼくからブラックスフィールドに手紙を送るから」

家族たちとの朝食の席で、ベアトリスは昨夜、ブラックスフィールド卿の家から危機一髪で脱出したときのことを思い浮かべていた。頭のすぐそばを従者の足音が通り過ぎるのを聞きながら、いつ発見されるかと心臓が止まりそうだった。

あんな思いは二度としたくない。それなのに心の片隅で、あの瞬間が終わってしまったことを残念にも思っていた。公爵が彼女の手を握り、耳元でささやいて彼女を落ち着かせ、笑わせてくれたあのとき、これ以上ないほどの親密さを感じた。

もちろん、卿の家に忍び込む前から、自分は全身全霊で公爵を愛していたと思う。

だが昨夜の出来事で、ふたりの絆は太い幹のように堅固なものだとはっきりした。突風が吹いた瞬間、キャンドルの灯のように彼の愛が消えてしまうのではないかと、もう不安になることはない。

「どうぞご心配なく」叔母さんの険しい表情を見てベアトリスは言った。「きちんとマナーを守って、アニーに付き添いを頼んでありますから」

「ご心配なくですって？」叔母さんは身を乗り出した。「でもあなたはまだ喪に服している最中では」

ラッセルが声を上げた。「いったい誰の？　デイヴィスさんじゃないよね。公爵がそんなこと黙っているわけがないし」

「ええ、違うわ」フローラが言った。「たぶんご両親のためじゃない？」

ラッセルはもちろん納得しなかった。

「でも亡くなったのは二十年も前じゃないか」

「思い出したんじゃないの」フローラが苦しい説明をした。

「何を今さら思い出したのさ」

ラッセルの言葉に叔母さんは青くなり、席を立った。

「さあ、もういいから。さっさと食べてしまいなさい」

フローラは叔母さんの後ろ姿を見送ったあと、今夜のスターリング家の舞踏会がどんなに楽しいものになるかと、頬を紅潮させて話し始めた。公爵が親戚になると決まってから、初めての舞踏会だからだ。

ベアトリスは疑問に思った。公爵の親戚になるからといって、どれだけちやほやされるかしら。だがあえて何も言わなかった。せっかくうれしそうにしているのに、がっかりさせることはない。

やがて公爵が迎えに来て馬車に乗り込むと、ブラックスフィールド卿の屋敷に向かった。卿からどんな真相を聞かされるかと思うと、楽しい気分が瞬く間に消えていくのを感じた。卿と母の関係については、ウェム伯爵から聞いていたが、当事者である卿が語るほうが真実に近いはずだ。そう思うと不安でたまらず、卿の屋敷の前に立ち、執事が現れるのを待ちながら、今にも逃げ出しそうになるのを必死でこらえていた。

公爵のほうにそっと手を伸ばすと、彼は励ますように、彼女の手を力強く握りしめた。

ドアが開いて中に案内されると、夜中に見たときとはあまりに雰囲気が違うことにベアトリスは驚いた。廊下の黄色い壁は、さんさんと朝日が射し込んでいるせいでいっそう明るく見える。玄関から階段までの距離もそれほど長くはない。逃げ出すときは、メイフェアのブロック一つぶんほどに感じたのに。

ブラックスフィールド卿は、あたたかな日差しがあふれる居間でふたりを出迎えた。

「ようこそおいでくださいました。先日のサロンでご一緒して、姪のケイティはミス・ハイドクレアの大ファンになりましたよ。さて、お飲み物は何がよろしいかな?」

ふたりが紅茶を頼むと、卿はにこやかに言った。

「昨夜はケイティと『オセロ』を観に行きましてね」執事が紅茶のトレイを運んできた。「大好きな演目なんだが、残念ながら全体に単調で今一つだった。役者たちが存在感に欠けるというか。あれは演出家の責任ですな。おっと、そんなことはどうでもいい。さっきも言ったように、ケイティはミス・ハイドクレアの話ばかりしていました。自分の意見を堂々と述べられる女性だとね。これは彼女の最大限の賛辞なんですよ。だからぜひまたあのサロンに参加していただきたい。ほぼ同じメンバーなので退屈かもしれないが、話題は毎月変わるので、それなりに活発な議論になりますから」

プジー卿のサロンでのミセス・パーマーの活躍ぶりを思い出し、ベアトリスは気持ちが少し和らいだ。

「どうでしょう。ミセス・パーマーはそう簡単には、所得税廃止の議論を終わりにしたくないのでは？　皆さんはあの話題はもう結構とお思いでしょうが」

ブラックスフィールド卿は声をたてて笑った。

「いや、きみの言うとおりだ。ケイティはあの件では絶対に譲らないからね。まあ、もともと多数派に反対したいタイプなんだ。みんなが賛成している議題を見つけては、それに反対するというね。ナポレオンを応援しなかったのが不思議なくらいだよ」

ベアトリスは一瞬、ミセス・パーマーの愛国心についてからかうような発言をしようかと思った。他愛のない会話で卿との時間を終わらせたい、そういった気持ちがどこかにあった。今朝はあんなにも希望に満ちていたから、母と関係があったと彼が認めたら、かえってショックが大きい。だがここまで来て何も言わずに帰るほど臆病ではなかったし、意地っ張りでもあった。暗闇の中で彼の秘密を突き止められなかったのだから、白日の下で暴くしかない。

公爵をちらりと見たが、どう思っているかはわからなかった。そこで一度深呼吸をすると、卿の目を見つめながら言った。

「先日のサロンで、イギリス連帯ギルドに潜入していた際、わたしの両親とも協力したとおっしゃいましたよね」

「え？　そんなことを言ったかな」

しらばっくれるつもりだろうか。ベアトリスは引くつもりはなかった。公爵からは、率直に対峙するようにと言われていた。ごまかしたり、駆け引きをしたりしない。自分の求める答えに誘導もしないと。

「はい、たしかにおっしゃいました」ベアトリスはきっぱりと言った。「実はあのサロンに参加したのは、あなたに両親のことをうかがうためでした。最近、両親の事故の件でとてもつらい話を耳にして、それが本当なのか確かめたいと思ったのです。それで今週の初めに、ジェフリーズさんにお会いし、あなたがギルドに参加していたと知りました。よろしければ、いくつか質問をさせていただきたいのですが」

真っ向からぶつかってこられ、ブラックスフィールド卿は面白くなかったらしい。ベアトリスに突き付けるように貧弱な顎を上げ、小鼻をふくらませている。それから公爵に視線を向けた。こんな振る舞いを許すつもりなのか、なんとか言ってくれとでもいうようだ。

ベアトリスは卿の反応には驚かなかった。それよりも公爵はどう思っただろう。相手に正面からぶつかるやり方は男性ならうまくいっても、女性には難しいと気づいただろうか。

ブラックスフィールド卿は、公爵が顔色をまったく変えずに黙っているのを見て、この場に自分の味方はいないと気づいたらしい。

「ポートワインでもいかがですかな」いきなりふたりに尋ねた。「なんだか急に飲みたくなってね。金を使いすぎたのがばれて、執事からこっぴどく叱られるような気分というか。いや、もっと悪いか。最新型トイレを開発中の会社に投資をしろと、兄貴から迫られているような。いずれにしても、ワインを飲まずにはいられない気分なんだ」

彼がベルを鳴らすと、すぐに執事が、ポートワインとグラスが三つ載ったトレイを運んできた。卿はふたりの前にグラスを並べ、軽くうなずいたあと、ワインに口をつけた。

「よし、準備オーケーだ。ではお嬢さん、尋問をどうぞ」

〝尋問〟というのはちょっと言いすぎじゃないかしら。実際そうなのだけど。

「わたしの母とあなたがどういう関係だったのか知りたいのです。本当のところをお話しいただけますか」

卿はワインをもうひと口飲んでから答えた。

「彼女は美しい人だった。話題も豊富で、一緒にいるととても楽しかったよ。ただギルドに潜入するのはどうかと思った。リチャードが反対すべきだったが、彼はクララにぞっこんだったからノーと言えなかったんだな。すごく優秀な男なんだが、わたしから見るとやさしすぎる、というより気骨に欠けていた。だからギルドの思想に簡単に染まり、心から賛同するようになったんだろう。ただ自分の任務はきちんとこなし、報告書も定期的にピットに送っていた。つまり国家に忠実ではあったが、思想においては反逆的だった」グラスを取って唇をうるおした。「サロンで会ったときもこの話はしたと思うが。これ以上、いったい何を知りたいと言うんだね」

グラスの脚を持つベアトリスの指に力が入った。ワインを飲みたいとは思わなかったが、支えになる物が欲しかった。

「はい、そのお話はうかがいました。でも知りたいのは、母との個人的な関係についてです。ギルドの仲間以上の関係があったのではありませんか」

卿の鼻の穴がまたふくらみ、顎が上がった。やっぱり怒らせた？　だが予想に反し、彼の口調は穏やかだった。

「なんてことのない恋愛ごっこだよ。彼女は驚くほど美しい女性だった。ご存じのように、わたしは美女たちに囲まれているのが何よりも好きだからね。それだけのことだ」

口ごもるようなことはなかったが、ベアトリスは彼が何か隠していると直感した。どこか身構えている様子だし、理屈も無理やりに思える。

ベアトリスは胃の中がずしんと重くなった。母との関係を認めたがらないのはどうしてだろう。華やかな女性関係を勲章のように誇示している彼なら、ためらう理由はないはずだ。たしかラルストン夫人は、彼はなびきそうな人妻を誘惑するのが特に好きだと言っていた。不倫相手の夫の前で彼女たちからの贈り物を見せびらかしたり、わざといちゃついたり。

クララと他の女性たちのどこが違うと……。あ、そうか。サファイアのブレスレットだ。どんなに捜しても、彼の〝戦利品〟の中には見つからなかった。クララは愛情の証として渡すことを拒んだ、ようするに、彼女から手に入れられなかったことを恥だと思っているのだ。

彼は失敗することに慣れていない男で、それが面白くなかった。このわたしに恥をかかせるつもりか？　たかが女の分際でと。

気分を害しただけならいいが、卿には暴力的なところがある。ジェフリーズ氏やクララ、公爵未亡人だけでなく、卿本人でさえ、喧嘩っ早い攻撃的な性格だと語っていた。ギルドのメンバーをあおって暴動を起こさせようとしたとも聞いた。彼らがのんびり議論をしたり、それを声明文にまとめたりと、平和的な活動をしているのが我慢できなかったと。

そんな残忍な一面を持つ男だったら、もともと生意気なクララとはいえ、プレイボーイとして鳴らす自分の要求を拒否するのを、笑って許すわけがない。

おそらくクララ・ハイドクレアは、彼に初めてノーを突き付けた女性だったのだ。だから許せなくて、母を殺したのだ。ベアトリスの鼓動は激しくなり、公爵の手を握りたくて指が震えた。それでも口元に無理やり笑みを浮かべ、卿に向かってやさしく尋ねた。

「恋愛ごっこ？　それ以上だったのではありませんか？」

ブラックスフィールド卿は一瞬、自宅の居間に座っていながら、逃げ場がないかのように、追い詰められたような表情を見せた。だがすぐににやりと笑い、ベアトリスを見つめた。そのまなざしは威圧的で、また見下すようでもあった。ベアトリスはハッとした。ラークウェル家の舞踏会で対決したトーントン卿も、たしか同じ目をしていた。自分が優位に立っているときは自信満々で、形勢が変わったと感じたとたん、彼女の息の根を止めようとしたっけ。

また同じことが起こるかもしれない。ベアトリスは背筋が寒くなったが、すぐに気づいた。ここは人けのないテラスではないし、公爵が隣にいるじゃないの。

ベアトリスも、揺るぎないまなざしで卿を見返した。母クララの手紙にも書かれていた。卿が危険な人間だと、父リチャードが心配していたと。

ベアトリスがまばたきもせずに卿を見つめていると、とうとう彼が視線をそらした。

「わかった、わかった。認めるよ。そう、恋愛ごっこなんかじゃなかった。わたしはね、クララが論文を書くのを手伝っていたんだ。テーマは『男女平等論』だった。もちろん個人的には、彼女の主張はどれも認めがたいと思っていた。だがね、文章はすばらしく、論法も非の打ちどころがなかった。だからその論文がより良いものになるようにと手伝ったんだ」

ベアトリスは呆然として、卿を見つめるばかりだった。

すると隣にいた公爵がベアトリスの手を握りしめ、もういっぽうの手で彼女の持っていたグラスを取ってテーブルに置いた。今にも落としてしまいそうに見えたのだろう。

ベアトリスは気を取り直し、考え始めた。母の執筆を手伝っていたのなら、彼女が男女平等論を唱えていたことはよく知っているはずだ。となると、彼女のそうした型にはまらない考え方を利用し、自由恋愛を楽しもうと持ちかけたのだろうか。ふたりはやはり、ウェム伯爵が言っていたように不倫関係にあったのかもしれない。だが卿は、ずるがしこそうにも後ろめたそうにも見えなかった。むしろ、きまり悪そうな顔をしている。

ベアトリスは一度深呼吸をしてから、率直に尋ねた。

「あなたと母は、男女の関係にあったわけではないのですか」

卿はいきなりふきだした。こんな愉快な冗談は初めてだとでも言わんばかりだ。

「男女平等を主張する女性とこのわたしがかい？」両手を広げて苦笑いした。「いいかい、お嬢さん。わたしはきみの母上は美しかったとは言った。だが魅力的だったとは言っていない。いったいどこでそんなおかしな話を吹き込まれたんだ？」

彼の陽気な笑い声以上に、説得力のある答えはなかった。どんなにきっぱりと否定されるよりも。

「だってウェム伯爵が――」

「ああ、あの間抜けな男か！」卿がベアトリスの言葉をさえぎった。「なるほど。それならわかる。あいつはある日突然、ここに現れた。そしてわたしとクララの関係についてわめき散らし、すぐに別れろと迫ったんだ。頭がおかしくなっているみたいだった」

「でもあなたは否定しなかったのですね」ベアトリスが静かに言った。

卿はあきれた顔で言った。

「もちろんだ。あいつはわたしの屋敷にずかずかと入ってきて、わたしをののしり、命令したんだ。あんな男にまともに説明してやる必要はない。公爵閣下、あなただっておそらく取り合わなかったでしょうな」

「ええ、おそらく」公爵がうなずいた。

「いいや、絶対そうされたはずです」卿は断言した。「そもそも、あの愚か者がなぜそんなふうに誤解したのかもわからん」

「母が論文を書くのを手伝っていらしたからでは？」そうか。ウェム伯爵から聞いた話は間違っていたのだ。「そのせいで母と一緒に過ごす時間が長くなっていた。あるいは以前より親しげに、たとえば相棒と話すような雰囲気になっていたのでは」

「このわたしが女性と相棒に？」卿はぞっとしたような表情を浮かべたが、結局はうなずいた。「言われてみればそうかもしれない。もちろんリチャードも彼女の論文を読んではいた。だが彼女にベタぼれだったからね。彼女が言うこともやることも全部賞賛するばかりで、批判的なことは絶対言わない。論文に磨きをかけるという意味では、役に立たなかった」

母クララを愛するあまり、彼女の論文についてまともな批評さえできなかった父リチャード。ここ数日間、事故の情報を集めるたびにベアトリスは苦しんだが、この言葉を聞き、すばらしい贈り物をもらったような気持ちになった。もしも今後一生、両親について好ましい話を耳にすることがなかったとしても、もうじゅうぶんだと思えるほどに。

「ありがとうございます」ベアトリスは心から感謝して言った。

真相を明かした今、ブラックスフィールド卿はとても紳士的でやさしかった。

「いや、誤解がとけてわたしもうれしいよ。まさかウェムの一方的な話できみが悩んでいたとは。知らなかったとはいえ、申し訳なく思っている。あの愚か者め」そうは言うものの、先ほどとは違い、ウェム伯爵に対してそれほど怒っているふうでもない。「まあ、やつの気持ちもわからんではないがね。男なら誰だって、親友の妻を寝取った男を許せないだろう。だがね、ちょっと考えればそんなわけはないと気づいたはずなんだ。あのときクララとリチャードは、夏の休暇を過ごすためにウエルズデール・ハウスに戻ったばかりだった。だがもしクララがわたしと交際していたら、ロンドンを離れられるわけがないんだから」

さすがはプレイボーイ、いくつになってもうぬぼれやだ。ベアトリスがあきれて目を回しそうになったとき、公爵にそっと手を握られた。そろそろ帰ろうという合図だった。ベアトリスも握り返し、ふたりは卿にいとまを告げた。その際ベアトリスは、プジー卿の次のサロンに参加することを約束したが、公爵のほうはきっぱりと断った。どうやら彼にはまだ、ヌニートン子爵とベアトリスが楽しそうに話している様子を、鷹揚にかまえて眺める余裕はないらしい。

外に出ると、目に痛いほど日差しがまぶしかった。ポートマン・スクエアまで歩こうと公爵が提案し、ふたりはダッチェス・ストリートをゆっくりと下り始めた。手はすぐそばにあるが、触れ合ってはいない。少し離れてメイドのアニーがついてきていた。

「ベア、本当に良かったね」公爵が言った。「やはりお父上は無理心中を図ったわけではなかったんだ。ご両親はきっと、ウェム伯爵の勘違いを笑っていたんじゃないかな」

「ええ。つらくて苦しくて、頭がおかしくなりそうだった。どこにいても大声で泣き叫びそうになっていたわ。だけどそんな思いをしたのはわずか数日間だった。叔父さんと叔母さんは二十年間もこんな苦しみと共に生きてきたなんて。そしてその間違った〝真相〟によって、これまでのわたしの人生は形成されたんだわ。叔母さんは、わたしが母のようにふしだらになったり、父みたいな殺人鬼にならないように育てなければと、必死だったんでしょう。でなければ、父や母の思い出話もいろいろしてくれて、どれほど心安らかに過ごせたことか」

「これからはぼくと一緒だ。少しでも心安らかに暮らせるといいんだが」公爵がやさしく声をかけた。

ベアトリスは小さくうなずいた。

「父と母が遺した物でいっぱいの箱が三つもあるんです。一週間前は思いもしなかった」

「母上の論文もあるんだよね。よければぼくも読んでみたいが」

「でもお気に召すかしら」ベアトリスは顔をしかめた。

「男女平等論だろう？　大丈夫、ぼくはブラックスフィールドほど古臭い考えの持ち主ではないよ」

「あなたと結婚する身としては心強いお言葉ですけど、わたしが言いたかったのは母の文体のことです。とても簡潔で、論点が明快なんです」ベアトリスが言った。「公爵さまが高く評価するような、たとえば饒舌《じょうぜつ》で上から目線なところはまったくありません。あ、断っておきますが、わたしは個人的には、饒舌でもったいぶったほうが好みですから」

公爵は声を上げて笑い、人目があるのもかまわずベアトリスの手を握った。

「言ってくれるじゃないか。じゃあ結婚したら、きみとの議論にひと言も言わなくても勝てるところを見せてあげようかな」

ベアトリスの胃の中で、蝶がはばたいた。

「それはいつになるのでしょう」

「いつでも、きみの好きなときに」彼は言った。「数日前に特別結婚許可証を取ったんだ。これで、いつでもどこでもぼくたちは結婚することができる」

「それなのに、今まで待っていてくださったんですか」

「ああ」

ベアトリスは自分に驚いていた。よくもまあ、心臓が止まらないものだ。

「わたしは明日にでも結婚したいです。公爵さまのご予定次第ですが」

「ぼくも大丈夫だ。じゃあ、明日の朝にはできるな。予定と言えば、自分の小冠《コロネット》を磨くことくらいだから。よし、祖母に伝えておくよ。自分の屋敷の居間で式を挙げてほしいと言っていたから」

公爵未亡人の名前が出たので、ベアトリスはブレスレットのことを思い出した。そうだった。母の汚名をそそぐことができただけで満足してはいけない。ブレスレットは絶対に見つけなければ。もちろん、両親を死に追いやった犯人も。結婚式を挙げたら、翌日から調査を再開しよう。

ベアトリスはためらいながらも、そのことを公爵に伝えた。男性なら誰だって、新妻には自分のことだけを考え、見つめてほしいはずだ。そうできないことが申し訳なかった。

「そんなに時間はかからないと思いますけど。それに」バレット・ストリートを右に曲がりながら言った。「公爵さまの自尊心は、そんなことで傷つくほどやわではありませんよね」

公爵は目を見開いた。

「なんと。結婚した翌日に、妻が夫を置いて好き勝手に出歩こうとは。これまでもきみにはさんざん足蹴にされてきたが、さすがにそれはないだろう」それからにやりと笑った。「と言いたいところだが、調査を続けたいのはよくわかっている。ぼくもできるかぎり協力するつもりだ。まずはジェフリーズがギルドの幹部と呼んでいた連中、バークスとソープだったか、ふたりを見つけ出そう。だが本当に彼らがきみの両親の正体を突き止め、領地まで追いかけていって殺したと思っているのかい？」

「いえ、さすがにそれはないと思います。でもまずは彼らに、それから宝石商にもあたってみるつもりです。犯人は母を殺したときにブレスレットを盗んだのではないでしょうか。価値のある物ですから、バークスやソープに限らず、ギルドのメンバーなら売ってお金に換えたはずです。サファイアは食べられませんからね」なぜもっと早く気づかなかったのだろう。あのブレスレットがなくなった理由として最も可能性が高く、ほとんどの場合、最も可能性が高い理由が正しいというのに。

公爵はうなずいて言った。

「そうだな。では今日の午後にでも、スティーブンズに宝石商をあたらせよう」

「それと、公爵家の時計はどこで修理させているのかマーロウさんに訊いてみてください。バークスは時計職人なんです。ロンドンの時計職人はそう多くはないから、みんな顔見知りだと思うので」

右に曲がると、ポートマン・スクエアが見えてきた。公爵は彼女の言う通りにすると言ったあと、ややもったいぶって指摘した。

「そういえば、あと二十四時間もしないうちに、マーロウはきみの執事になるんだったね」

ベアトリスの顔色が真っ青になるのを、公爵は愉快そうに見つめた。

13

ベアトリスと公爵が婚約したからといって、社交界でフローラの人気が特別に上がったようには思えなかったが、彼女は得意そうに言った。

「ダンスカードがいつもの二倍も埋まったわ」

紳士の名前を書く欄の数には限りがあるため、どう考えてもありえないのだが、ベアトリスはそれを指摘するような野暮な真似はしなかった。

ただラッセルは当然黙っていなかったので、その結果きょうだいの口喧嘩が始まったが、遠くから見れば笑顔で話しているように見えたので、ベアトリスはホッとした。叔父夫婦やいとこたちと過ごすのは今夜が最後だから、できれば楽しい気分でいたかった。明日からはいよいよ、公爵家で暮らすことになる。口元に自然と笑みが浮かんだ。

「まあ、そんなににやにやするものじゃありませんよ」叔母さんが言った。「公爵夫人には何よりも威厳が必要です。近寄りがたいと思わせるようなね。今のままでは、史上最悪の公爵夫人になりそうで心配だわ。高貴な雰囲気を身に付けなければいけないわね」

ベアトリスは声を上げて笑った。

「そうですね。わたしも自分が史上最悪の公爵夫人になる自信があります。でも公爵さまはちっとも気になさらないでしょう。たくさんのご令嬢とのお話を断って、このわたしを選んだのですから」

ヴェラ叔母さんはうなずいた。

「不思議でたまらないけれど、たしかにそうね。公爵夫人としては問題だらけでも、彼の妻としては完璧なんでしょう。リチャードとクララもどれほど誇らしく思っていることか」

その瞬間、ベアトリスは泣きそうになった。姪っ子を育てるにあたり、リチャードとクララの問題がつねに重苦しくのしかかっていた叔母さんにとって、その言葉を口にすることがどれほど難しいか、よくわかっていたからだ。

この日の昼前、公爵に送ってもらってブラックスフィールド邸から帰宅すると、ベアトリスはすぐに居間に向かい、卿から聞いた真相を叔父さんと叔母さんにすべて伝えた。叔母さんは聞き終わると、顔を真っ青にして身体を震わせ、とめどなく涙を流しながら何度もつぶやいた。

「まさかそんな……。なんという愚かな勘違いをしていたのかしら。なんという……」

スターリング家の舞踏室で、いとこたちの口喧嘩をながめながら、ベアトリスは思った。そう、すべては愚かな勘違いにすぎなかったのだ。叔父さんや叔母さんも、ウェム伯爵も勘違いをしていただけだった。だからどれほど愚かしいとしても、恨むつもりはない。公爵との結婚を目前に控え、ベアトリスには冷静に受け止める余裕があった。それにもし両親から甘やかされ、わがままな娘に育っていたら、公爵と結ばれることはなかっただろう。

だからこの日に至るまでのことを、何も悲しむ必要はないのだ。

運命とは、なんと不思議なものだろう。二十年前、孤児としてポートマン・スクエア十九番地の玄関前に立ったとき、自分の人生が突然、正しい軌道からそれてしまったと感じた。自分には、もう二度と幸せの女神がほほ笑むことはないと。

「よくもまあ、ダンスのことなら何でも知っているような口がきけるものね。お兄さまのダンスなんてみっともなくて見ていられないわ。左足が二本あるみたいにして踊るんですもの」フローラはラッセルに向かってつんと顎を上げた。「不器用という以前に、運動神経がないいんじゃないかしら。お母さまがボクシング・サロンに通わせてくれないのは、きっとそれが本当の理由だと思うわ」

ラッセルは頬を赤く染め、すぐに反論した。

「馬鹿を言うんじゃない。ダンスなんて何度かレッスンを受ければ、あっという間にうまくなるはずだ。だがな、おまえのみっともない鼻は修復不可能だぞ」

フローラは真っ青になり、キィーッと声を上げた。

叔母さんはとうとう子どもたちの口喧嘩に我慢できなくなり、ラッセルに言った。

「ラタフィアを取ってきてちょうだい。急に喉がからからになったから」

「え？　なんでぼくがそんなこと――」

ベアトリスは戸惑うラッセルをかわいそうに思い、声をかけた。

「わたしもちょうど取りにいこうと思っていたの。一緒に行きましょう」レディ・

アバクロンビーをさがし、依頼された調査の経緯を報告したいとの思いもあった。

「実はね、あなたとフェンシングの話をしたかったの」ラッセルと腕を組みながら、部屋の奥へと歩いていく。「フェンシングはね、協調性を高めるのにとってても役立つの。わたしから叔母さまに頼んだら、きっと習わせてもらえるわ。ボクシングほどのスリルはないけれど、剣を手に戦いを挑むってロマンチックじゃない？」

ラッセルは悪くはないと考えているようだ。

「なるほど。ロマンチックね」

「そうよ。良かったら考えてみてね」ベアトリスはにっこり笑うと、ラタフィアのグラスを取ろうとしてテーブルを振り向いた。するとすぐ横に、ウェム伯爵が立っている。思わず声をかけようとしたところで、ハッと気づいた。いけない。以前彼と話したのは、公爵未亡人の弁護士として訪ねていったときだわ。さりげなく目をそらし、グラスを取ろうとした。

だがどうやら、彼もベアトリスに気づいたらしい。

「失礼、ミス・ハイドクレアですよね。正式にお会いしたことはありませんが」伯爵はためらいがちに名乗った。「実はね、きみのことは生まれたときから知っているんですよ。ご両親とは友人でしたから。いやそれどころか、お父上とは親友だった。ですからケスグレイブ公爵とのご結婚が決まったと聞いて、どれほどうれしかったことか。ご両親がご存命なら、さぞかしお喜びになったでしょう」

ブラックスフィールド卿のおかげで母の潔白は証明されたので、ベアトリスは素直にうれしかった。

「ありがとうございます。母との思い出はレディ・アバクロンビーから聞いていますが、機会があれば、父の話をゆっくりうかがいたいですわ。叔父とはまた違った面をご存じでしょうから」

ウェム伯爵の顔がぱっと輝いた。

「それはうれしいな。いくらでも話せますよ。今でも彼のことをたびたび思い出すんです」

ベアトリスはほほ笑んだあと、彼がクララを娼婦だと吐き捨てるように言ったことを苦々しく思い出した。母親とブラックスフィールド卿の本当の関係を、どこかで明かさなければいけない。おそらく彼は両親のことを相思相愛の理想の夫婦だと思い、それがクララの裏切りで破局を迎えたと考え、結婚というものに絶望し、独身をとおしているのだろう。それは勘違いだった、両親は彼の思ったとおり理想の夫婦だったと知れば、少しは心の平安を得られるはずだ。

「いつごろお会いできるかわかりましたら、ご連絡いたします」

「ええ、待っていますよ」伯爵はうなずいたあと、周りをさりげなく見回し、テーブルから離れた静かな場所を示した。「今ちょっと時間はありますか？　内密にお話ししたいことがあるのですが」

「はい、大丈夫です」ベアトリスはうなずき、彼と並んで人の少ない場所まで歩いていった。

「内密の話だなんて言って、不安にさせてしまったかな」彼は照れ臭そうに笑った。「誰にも言わないように頼まれたんだが、やっぱりきみには話すべきだと思って」彼はもう一度周囲を見回すと、ベアトリスに身を寄せて声を落とした。「きみやきみのご両親について、ケスグレイブ公爵未亡人が調べているんだ。公爵との婚約を解消するために、何かきみに不都合なことはないかと、先日わたしのところに弁護士を送り込んできた」

ベアトリスは危うくふきだしそうになった。自分の策略がこんな形で跳ね返ってくるなんて。架空の恋人のデイヴィス氏のときと同じじゃないの。思えばあの罪のない嘘のせいで、自分の人生はすっかり変わってしまった。もし彼を〝葬り去る〟ために〈デイリー・ガゼット〉に行かなかったら、ファゼリー卿の死に際に居合わせることもなく、そうしたら公爵とも……。

運命の女神は、本当に気まぐれだこと！

ただこの場面は、伯爵の期待を裏切らないよう、驚いた顔をしなければ。ベアトリスは大げさに目を見開き、小さく叫んだ。

「信じられませんわ！　このわたしが公爵さまにふさわしくないですって？」

ウェム伯爵は大きくうなずき、彼女に声を小さくするように注意した。それから誰にも見られていないことを確認してから言った。

「このことはもちろん公爵に話してはいけません。おばあさまとの関係にひびが入ってはいけませんから。でもあなたには言っておきたかった。たとえ婚約が解消されなくても、彼女は信用できません。つねに警戒しておいたほうがいい」

「ええ、そうですね」まったく意味のない忠告だったが、ベアトリスは感動していた。「教えていただき、ありがとうございます」

「礼など言う必要はありません」伯爵は顔の前で大きく手を振った。「わたしはお父上の親友ですよ。そのお嬢さんを貶めようという陰謀が進んでいるのに、黙ってみていられるわけがない。でも心配はいりません。わたしはその弁護士に何も言っていませんから」

え？　だけどあのとき伯爵は……。ベアトリスはあんぐりと口を開けた。

「驚くことはありません」伯爵は満足そうに言った。「このわたしが、公爵未亡人の使いに怖気づくと思いましたか？　まさか。わたしは彼をにらみつけ、おもむろに懐中時計を取り出し、時間の無駄だ、さっさと帰れと言って追い返しました。うわさ話は大嫌いですしね」

彼が得意げに話すのを見ながら、ベアトリスは怒りがこみあげてくるのを感じた。なんと下劣な男だろう。本当は根も葉もない情報を垂れ流したくせに。何のためらいもなく、クララの人格を辛辣に貶めたくせに。

公爵未亡人の弁護士には嘘八百を言って期待に応え、ベアトリスには感謝されて得意になって。

相手に気に入られるために、そのときどきで自分を変えるのは、弱い人間だからではない。卑劣だからだ。彼はまるで、クララに裏切られたのは自分であるかのように、彼女を〝娼婦〟とののしった。そのうえ、まぎらわしい言い方で、たくさんの愛人がいたようにほのめかした。

あのときのことは、はっきりと覚えている。母の〝愛人たち〟について詳しく訊こうとしたら、彼は時計の鎖を不機嫌そうにポケットに戻した。とそのとき、窓から差し込む日差しが当たり、その鎖がきらりと光って――。

ベアトリスはハッとして、頭の中の映像を止めた。ゴールドの鎖が光ったんじゃない。あれは……。

涼やかなブルーの輝きだった。

そうか、サファイアのブルーだ!

ベアトリスの鼓動が激しくなった。なぜ伯爵が娼婦という言葉を吐き捨てるように言ったのか、その理由がわかったからだ。クララの裏切りに対する彼の怒りは、個人的なものだったのだ。クララはブラックスフィールド卿と交際することで、夫のリチャードではなく、伯爵自身に対して罪を犯したと考えた。卿が黙っていたことで裏切りの確認が取れたと思いこみ、激しい怒りにかられたのだ。

でもどうしてそこまで激しく？　クララの手紙に書かれていた一節が思い出された。

『ウェム伯爵は、わたしの永遠の献身が欲しいとまで言うの』

ウェム伯爵とブラックスフィールド卿の対決は、両親が夏の間ロンドンを離れた後に起きた。伯爵は、卿の馬鹿にしたような態度に確証を得たと思いこみ、激怒してウェルズデール・ハウスに駆けつけ、クララに怒りをぶつけた。

怒りをぶつけて……。それから何をした？

「ミス・ハイドクレア、どうしました？　顔が真っ青ですよ」伯爵はそう言って、心配そうに彼女の腕に触れた。

母を殺《あや》めた手の感触に、ベアトリスはぎくりとした。

考えるのよ、ベアトリス。

「ああ、すみません。なんだか急に――」ベアトリスは少し息を切らしていた。頭の中で雷のような音がとどろき、うまく考えがまとまらなかった。「ええっと、公爵未亡人のことです。婚約を破棄するために、父や母のことまで調べていたと知って悔しくて。まさかそこまでとは……」

一度深呼吸をすると、頭の中の割れるような音が静まり始めたのを感じた。

伯爵は重々しくうなずいた。

「たしかにショックだったでしょう。しばらく休めるように、座れる場所を探してきます」

ベアトリスは首を横に振り、ブラウンの瞳と長いまつげ、下唇が少し突き出たハンサムな伯爵の顔を見つめた。動揺している彼女を心配する親切な紳士だとしか思えない。

でもその胸の内では、何か恐ろしいものが煮えたぎっている。クララの手紙にあった言葉が、ベアトリスの頭をよぎった。

『それほど残忍には見えなくても、彼らの心のなかで怒りが渦巻いているのを感じるの。そういう人は結構いるものよ』

あれはウェム伯爵のことを言っていたのかもしれない。冷静で紳士的な仮面の下に、残忍さがうごめいていると。

今こそ、この卑劣な男の仮面をはぎとり、彼が二十年間自分に言い聞かせてきた嘘を暴かなければいけない。母クララは娼婦ではなかった。ひどい汚名を着せられたま亡くなったのだ。

ベアトリスは胸に手を当てた。

「ウェム伯爵、ありがとうございます。母とブラックスフィールド卿のことを公爵未亡人に黙っていてくださって」

その瞬間、伯爵は身をこわばらせた。

「その件をご存じだったとは思いもよりませんでした」

ブラックスフィールド卿の名前を聞いて動揺したらしい。よし、ここからだ。

「叔母から聞いたのです。わたしが同じような過ちを犯さないよう、伝えておこうと思ったのでしょう」

「なるほど。結婚の前に知っておくべきだとお考えになったのですね。でも母親が父親以外の男性と関係していたと知って、どれほどショックだったことか。かわいそうに」

ふたりの関係を誤解し、叔父や叔母に伝えた当の本人がなぐさめようとするとは。

ベアトリスの脳裏に、ふたたび恐ろしい映像が浮かんだ。雨の降りしきる川岸で、相手の非難の言葉を必死で否定する母親の姿。けれどもその相手は父リチャードではなく、ウェム伯爵だった。彼は鬼の形相でクララを責め続け、何を言われても聞く耳を持たない。

だが今なら。

「お気遣いいただき、ありがとうございます。ですがもし叔母が教えてくれなかったら、わたしは決して真実を知ることはなかったでしょう」静かに言って、伯爵の腕に触れた。彼は頭を上げ、彼女の目をまっすぐ見つめた。「あれは間違いだったんです」

「ああ、そうです。もちろんあれは間違いだった」伯爵はベアトリスをなぐさめるように言った。「恐ろしい間違いだった。ブラックスフィールドは蛇のようにずるがしこい男で、クララをたらしこんだんだ。仮に彼女に不倫願望があったにしても、彼女ならもっと良識のある男性を選べただろうに」

「いいえ、そうではありません」ベアトリスはわざと明るく言った。「母が浮気をしていたというのが間違いだったんです。あなたにお会いできたらそれをお伝えしたいと思っていました。すべてがとんでもない誤解だったと。つまり、ブラックスフィールド卿は母と不適切な関係を持っていたわけではありません。母が男女平等に関する論文を書くのを手伝っていただけなんです」

さあ、顔色を変えて頭を抱えなさい。

ところがベアトリスの予想を裏切り、伯爵は声を上げて笑った。

「ミス・ハイドクレア。誰からそんな作り話を聞いたのか知らないが」彼は憐れむように彼女を見つめた。「そして信じたい気持ちもよくわかるが、だからといってそれが真実とは言えないんだ」

いかにも〝良識のある紳士〟のような顔で話す彼に向かって、ベアトリスはにっこりとほほ笑んだ。

「本当におやさしいのですね。そこまでご心配くださって。でも母の論文については、誰から言われたわけでもありません。両親の遺品を調べているときに、自分で見つけたのです。母の筆跡でしたから間違いありません。ご自分でご覧になったら納得されるはずです」

伯爵は戸惑っていた。

「でもクララは、論文など書くような女性ではなかった」ひとり言のようにつぶやいた。「男女平等がテーマだって？　なぜ彼女がそんなものを書くのかまったく理解できない。訳のわからないことを言わんでくれ」

「いいえ、もっと驚くべきことがあるのです。その原稿には、ところどころ改善点が書きこまれていました。ブラックスフィールド卿の筆跡で」

伯爵はかっと目を見開いた。

「ブラックスフィールドの？　そうか！　やつが彼女に書かせたんだな。動機はよくわからんし、あまりにも馬鹿げたテーマだが。そうやって彼女に近づき、みだらな関係を結んだんだろう」

ベアトリスは彼をじっと見つめていた。顔色が真っ赤になり、両手を震わせ、やがて懐中時計につけたリボンを触り始めた。今夜はクララのブレスレットではない。舞踏会にはたくさんの客が来るから、誰かにクララの物だと気づかれるのを恐れたのだろう。

「お気持ちはわかります」ベアトリスは何度もうなずいた。「なにしろこの二十年、あのふたりは不倫関係にあったと思いこんでいらしたんですもの。自分が間違っていたとは、なかなか認めがたいですよね。でも母がイギリス連帯ギルドのメンバーだったとしたらどうでしょう」

伯爵の目に戸惑いの、いや、恐怖の色がよぎった。

「それこそ作り話のように聞こえるかもしれませんが、事実なんです。わたしの両親はギルドのメンバーだった」ベアトリスは話しながら、時計のリボンをもてあそぶ伯爵の手に視線を移した。

「首相のピット氏が父に依頼したのです。ギルドに潜入し、その活動について報告するようにと。するとそれに興味を持った母も、父と共に会合に参加するようになり、やがて男女差別の問題に疑問を持つようになった。でもあなたには心配させたくなかったから、ギルドに潜入していることは知らせなかった。母がレディ・アバクロンビーに宛てた手紙に書いてありました。もしあなたが知ったら、今すぐやめろと、母鶏のように口うるさく言うだろうからと」

でもそうではなかった。クララはまったくわかっていなかったのだ。

伯爵は何も言わなかった。遠い記憶をたぐり寄せ、新たな視点で当時のことを見直しているのだろうか。それとも、自分の信じていたほうが正しいと意固地になっているのだろうか。

「だから母は、ブラックスフィールド卿に相談するようになったのです」ベアトリスは自分の言葉にうなずきながら言った。けれども伯爵が眉をひそめたのを見て、あわてて付け加えた。「ああ、言っていませんでしたね。ブラックスフィールド卿もギルドのメンバーだったのです。両親と同じくピット氏の指示を受けて。つまり三人は政府のために一緒に動いていました。やがて母は例の論文を書き始めたのですが、愛妻家の父は褒めるばかりで、批評家としては役に立たない。そこで厳しい意見も言ってくれるブラックスフィールド卿に論文を見てもらうようになったのです。男女の関係としては一般的ではありませんが、道徳的に問題があったわけではありません。この事実を知ってどれほどうれしかったことか。もちろん、伯爵も喜んでくださいますよね？」

伯爵は何も答えず、ベアトリスの質問を聞いていた様子さえなかった。まるで自分の心の中に閉じこもってしまったかのように、うつろな表情をしている。けれどもベアトリスは、彼が自分だけの世界に逃げ込むことを許さなかった。

「ウェム伯爵、聞こえませんでしたか？」彼に近づき、前より大きな声で繰り返した。「もちろん、喜んでくださいますよね？」

伯爵は彼女の姿は見えているようだが、やはり何も言わない。

ベアトリスはわざとらしいほど遠回しな言い方で攻撃を続けた。

「信じられないのはわかります。なにしろあなたが乗り込んだとき、ブラックスフィールド卿は母との関係を否定しなかったのですから。だからやはりそうか、これで裏付けられたと思ってしまったのでしょう。でも卿は母との不倫を認めたのではありません。いきなり屋敷に現れ、下劣な推測で非難したあなたを相手にしなかっただけなのです。紳士のプライドなのでしょうが、今となっては残念でなりません」伯爵を挑発するように付け加えた。「ですが卿は先日、わたしの叔父夫婦に謝罪をしてくれました」

せわしなく動いていた伯爵の手が止まり、懐中時計のリボンを握りしめた。頰の赤みもおさまり、やけに落ち着いている。自分に都合のいい新たな筋書きでも思いついたのだろうか。だめだ。これでは白状させられない。何か激高させるようなことを言って……。

伯爵に一歩近づくと、彼の熱い息が頰にかかった。

「否定しなかったブラックスフィールド卿の判断は間違っていたと思いますし、あなたの怒りもよくわかります。母が卿に、身を任せたと思ったときは」

〝身を任せた〟と聞いた瞬間、伯爵は、牙でもむくように口を大きく開けた。

ベアトリスは、臆することなく攻撃を続けた。

「そして想像したのでしょう。卿の手が彼女の身体を撫で回し、彼女のやわらかな肌に熱いキスをする。彼女がうれしそうに反応し、やめないでほしいと切なげに訴える。おそらく怒りにかられたはずです。だって彼女はあなたの親友のものであり、ブラックスフィールド卿のものでは――」

突然伯爵が両手でベアトリスの肩をつかんだ。突き刺すような痛みに襲われながらも、彼女は勝利の笑みを浮かべた。

「違う！　彼女はわたしのものだった！」伯爵が叫んだ。「リチャードのものだったことは一度もない。いつだってわたしのものだった。そう、このわたしのだ！　リチャードはもちろん、ブラックスフィールドなど……ブラックスフィールドなど……」だがその先を続けられず、ベアトリスの肩をさらに強くつかんだ。「なぜこんなことをするんだ。きみの言うことは嘘ばかりだ。恐ろしい嘘だ。彼女は娼婦だった。ブラックスフィールドのために身体を広げたのだから。それならわたしのために広げることだってできたはずだ！」瞳に怒りの炎が燃え上がり、ベアトリスを激しく揺さぶった。「なるほど、わかったぞ。わたしが彼女を殺したのは無意味だったと思わせたいのだろう。だが違う。ちゃんと意味があったんだ。罰を下したんだから！」

ベアトリスは肩の痛みなど気にもしなかった。それどころか、歓喜に震えていた。この痛みこそ、彼の抑制が利かなくなった証拠だからだ。

「いいえ、何の意味もなかったんです」彼女は容赦なく続けた。こんな男、落ちるところがないほど落ちればいい。間違った思いこみによる愚かな行為に絶望し、二度と立ち上がれなくなればいい。「いったい何のために彼女を殺したんですか？　あのとき何があったんです？　何かいかがわしいことを彼女に申し入れ、彼女は恐れおののいてきっぱりとはねつけたのでしょうか。ブラックスフィールド卿の名前を出して彼女を娼婦とののしり、自分を拒否することは許さないと、そう迫ったのですか？」

「そんなんじゃない！」伯爵は叫んだ。「彼女はわたしを求めていた。そうなんだ。彼女の言動を見れば、一目瞭然だった。だがわたしがリチャードの親友だったので、そんなことはできないとずっと苦しんでいた。彼女にとって、わたしは求めてはいけない存在だった。あまりにわたしを愛しているがゆえに、そう口には出せなかっただけだ。だからブラックスフィールドのような下劣な男に身を委ねてしまった。それなのにわたしが彼女を求めたとき、ノーと言い続けた。何度も何度もノーと繰り返したから、わたしはその言葉を止めなければならなかった。それがあの夜起きたことだ。そう、黙らせるしかなかった」

伯爵の瞳は、凶暴な光で不気味に輝いていた。

ベアトリスは突然、舞踏会の会場が渦を巻いているようなめまいを感じた。それから、父がフランクリンの伝記を読み聞かせてくれたウェルズデール・ハウスでの光景が目の前に広がった。あたたかそうなガウンを着た父親の大きな姿。身体を丸めて彼に寄りかかるベアトリス。守られている、愛されていると感じた幸せなひととき。だがその幸せを、ウェム伯爵は一瞬にして奪ったのだ。馬鹿げた妄想を力ずくで現実のものにするために。そして母の悲鳴を押し殺した……。

伯爵に先を続けるようにうながすため、ベアトリスは言った。

「そこへリチャードが現れた」

けれども、その必要はなかった。伯爵も同時に同じ言葉を言ったからだ。

「そこへリチャードが現れた。そして真っ青な顔で、わたしをののしった。愚かな男だ。わたしは彼女を殺したくて殺したんじゃない。ただ愛し合いたかっただけだ。なんたる悲劇だろう。互いに相手を求めていたのに、結ばれる機会がないとは。だがリチャードには理解できなかった。わたしを汚い言葉でののしり続けた。だから彼のことも、黙らせるしかなかった」伯爵は髪をかきむしった。「やめろ。やめてくれ。どうしてわたしを責めるんだ。黙れ、黙るんだ」

ベアトリスには何も聞こえなくなっていた。それまではずっと、降りしきる雨の中、川岸で起きた悲惨な光景を思い描いてきた。ところが今は、伯爵が父と母の息の根を止めたあと、ウェルズデール・ハウスの居間に広がる限りない静寂を感じていた。

気がつくと、伯爵も沈黙していた。恐ろしい記憶の中にのみ込まれてしまったかのようだ。

「でもあなたは、ふたりをそのままにしておくわけにはいかなかった」ベアトリスが口を開いた。「やがてふたりの遺体が見つかり、警察が呼ばれて、あなたが手を下したとわかってしまう。だからふたりを川までひきずっていき、ボートに乗せて底に穴を開けたのです」

伯爵はほほ笑んだ。穏やかな笑みだった。

「そうだ。あのふたりは水の上が好きだったからね」

ベアトリスはぞっとして、二、三歩後ずさった。そして、真相を暴露した喜びと、安堵の思いに包まれるのを待った。けれども、胸にこみあげるのは恐怖だけだった。伯爵はうなり声を上げて彼女の肩をつかんだが、口にしたのは怒りではなく、苦悩だった。

「クララ、なぜこんなことを続けるんだ？　いつまでわたしを苦しめたら気が済むんだ？　目を閉じると、今でもきみの顔が浮かんでくる。お願いだ、もうわたしを放っておいてくれ。頼むよ、クララ。頼むから」

ベアトリスは、彼の中にモンスターを見たかった。手に入らないからという理由でこの世から美しいものを抹殺してしまう、そういう利己的なモンスターを見たかった。けれども彼は、ただ単に弱くて、愚かで、わがままな子どものような男にすぎなかった。ベアトリスは、醜い真相が自分の胸に刻みこまれるのを恐れ、彼の手を振りほどいて背を向けた。

すると振り向いたその先に、最愛のひとケスグレイブ公爵の姿があった。

その瞬間、彼女の胸に安堵の思いがどっと流れ込んだ。まるで川の水が土手を越え、あたりの干上がった土地を潤すように。すさんだ気持ちをなごませるように。

彼はその澄み切ったブルーの瞳で、すべてを見ていたのだ。すぐそばにいて、彼女を見守っていたのだ。思わず涙がこぼれそうになった。良かった。口にするのもおぞましい真相をどうやって伝えようかと、悩む必要はないのだ。伯爵とのやりとりを、一つ一つ思い出しながら言葉にする必要はないのだ。

公爵の目を見つめているうち、緊張が解け、まとっていたよろいから解放されるのを感じた。涙が一気にあふれ出て、頰にほろほろとこぼれ落ちる。ぬぐおうとして顔を横に向けたとき、初めて自分を見つめるたくさんの瞳に気づいた。

二十年前の真相が暴かれる瞬間を見ていたのは、公爵だけではない。

スターリング卿の招待客全員が彼女を見つめていた。まるで、絵画の中にいるように静かだった。

ベアトリスはいたたまれなくなった。これは悪い夢だ。こんなふうにさらし者にされるなんて、現実とは思えない。そのいっぽうで、笑いだしたいようにも感じていた。たいしたものじゃないの。かつて〝くすみちゃん〟と呼ばれ、誰からも相手にされなかったベアトリス・ハイドクレアが、これほどの注目を集めるとは。一週間前、ラークウェル家のテラスでも大騒ぎを引き起こしたが、あれは舞台袖での芝居にすぎなかった。今回は、舞踏会場の真ん中でヒロインを演じたのだ。

そのとき、奇妙なことに気づいた。公爵のすぐ後ろにスターリング卿が立ち、その隣には青ざめた顔のホーレス叔父さんがいる。

そうか。公爵はこの場の全員を押しとどめていたのだ。

彼はウェム伯爵との対決を、彼女が自分ひとりで終わらせる必要があるとわかっていた。だから自分も含め、誰ひとり仲裁に入らないようにしていたのだ。

そしてすべてが終わるのを待っていた。ただじっと、待っていてくれた。

何がどうなっているのか、何をするつもりなのか、詳しい説明をいっさい求めず、ただ待っていてくれた。自分はなんて幸せ者なのだろう。

けれどもベアトリスは、幸せではあったが、ひどく疲れていた。自分の骨が何百キロもあるように感じ、このままあたたかいベッドに、バタンと倒れこみたいほどだった。だがひどい騒動を起こしたのだから、ひと言も発せずに出ていくわけにはいかない。

気持ちを奮い立たせ、スターリング卿に向かって言った。

「このたびは大変なご迷惑をおかけして申し訳ありません。たった今、こちらのウエム伯爵が、わたしの両親の殺害を告白し、そのせいでどうやら精神的におかしくなられたようです。対応できる病院など、どこか別の場所にお連れしたほうがいいかもしれません。お任せしてもよろしいでしょうか」

あちこちから息をのむ音が聞こえ、ヴェラ叔母さんの小さな悲鳴も聞こえた。そしてそれを合図に、ゲストたちが小声で話し始めると、会場はざわめきに包まれた。ベアトリスが演じた光景はしばらくの間、うわさ話の格好のネタになるだろう。さまざまな場所で、ときには尾ひれをつけて語られるに違いない。公爵にも、公爵未亡人にも、いったいなんて謝罪をすればいいか。

ところが公爵は、ざわめきがやがて喧噪に変わっても、顔色一つ変えなかった。そして微動だにせず、彼女を待っていた。彼女だけを、ただ待っていた。

スターリング卿は一歩前に出ると、優雅にお辞儀をしてベアトリスに言った。

「あなたには、わたしの屋敷で大変つらい思いをさせてしまいました。まことに申し訳なく思っています」ウェム伯爵がクララに異常なほど執着したあげく、彼女とリチャードを殺害したことが、まるで自分の催した舞踏会のせいだとでもいうようだった。そのウェム伯爵は、部屋の隅で身体を丸めて座っていたが、彼については いっさい触れなかった。ベアトリスはホッとして言った。

「とんでもありません。とてもすばらしい舞踏会にお招きいただき、感謝しております。ですが、ひどく疲れてしまいました。そろそろ失礼させていただきたいと思います」

〝すばらしい舞踏会〟というのは、皮肉でも何でもなかった。ここで偶然ウェム伯爵に出会わなかったら、これから何週間も費やし、イギリス連帯ギルドのかつての幹部たちを捜しまわったことだろう。それどころか、一生かけても真相は突き止められなかったかもしれない。

そしてそんな人生に、公爵をつきあわせるわけにはいかなかっただろう。

ベアトリスは急に晴れ晴れとした気分になり、公爵のほうを向いてにっこり笑いかけた。「それでは、公爵さま」

「ええ、ミス・ハイドクレア」公爵もやさしくほほ笑むと、ようやく彼女に歩み寄って腕を差し出した。

ベアトリスがその腕につかまると、公爵はスターリング卿に別れの挨拶をして歩きだし、途中何人か——その中には、ヴェラ叔母さんとヌニートン子爵もいた——に軽く会釈をしながら出口へと向かった。ゲストたちは二手に分かれて通り道を作り、ふたりの後ろ姿を見送った。ひきとめようとする者はいなかった。いや、ただひとり、ラルストン夫人だけがベアトリスに声をかけた。

「お待ちになって、ミス・ハイドクレア。実に見事なお手並みでしたわ。いったいどうして、ウェム伯爵がご両親を殺したとおわかりになったの？」

ベアトリスは、一瞬だけ歩みを止めて答えた。

「申し訳ありません。急いで戻らなければいけないんです」そこで華やかな笑みを浮かべた。「明日は、人生で一番大切な予定がありますので」

訳者あとがき

〈行き遅れ令嬢の事件簿〉シリーズの第四作『公爵さま、前代未聞です』(原題 *A Nefarious Engagement*)をお届けいたします。まずはこれまでの流れを、簡単にご紹介しましょう。

舞台は十九世紀初頭のイギリス。幼い頃に両親を亡くし、叔父夫婦のもとで育ったベアトリスは、本来は聡明で、好奇心が旺盛な娘です。けれども叔父一家や周囲への気兼ねから、引っ込み思案の内気な性格になってしまいました。また地位も財産も、人目を引くような美貌もないため、当時の女性にとっては唯一の独立手段だった結婚もできず、読書だけが楽しみな日々を送っていました。ところが二十六歳になったある日、湖水地方のハウスパーティで死体を発見。その場に居合わせたケスグレイブ公爵と共に、犯人捜しに乗り出します。とはいえ公爵は、富や地位に加え、圧倒的な美貌を誇る尊大な貴公子で、ベアトリスの最も苦手なタイプです。初めのうち、ふたりは何をするにもぶつかってばかり。それでもやがて、〝同志〟として相手の能力を認めあい、事件の真相に迫っていきます。

それから五ヵ月後、二巻の舞台は社交シーズンの始まったロンドン。紳士の刺殺事件に偶然遭遇したベアトリスは、ふたたび調査を始めます。とはいえ、何の後ろ盾もないため、どこに行っても相手にされません。するとそこへ、ケスグレイブ公爵が颯爽《さっそう》と現れ、ふたりはふたたびタッグを組んで事件を解決に導きます。そんななか、ベアトリスはふと思います。仕事や社交に忙しいはずの公爵が、どうして彼女との調査を最優先にしてくれるのだろう。もしかして……。

つづく三巻でベアトリスは、彼女を〝名探偵〟だと思いこんだある人物から、殺人事件の調査を依頼され、大喜びで潜入調査に向かいます。ところが行く先々で、婚約も間近と言われる公爵とばったり出会い、結局はまたも、彼と手を組むことになります。後半、犯人を追い詰めるところで、ふたりの仲も一気に進展しますので、ロマンス部分もたっぷり楽しんでいただけるのではないでしょうか。

さて四作目の本書では、二十年前に亡くなった両親は事故死ではない、殺された可能性があると知ったベアトリスは、公爵に内緒で調査を始めますが、その過程で、両親の恐ろしい秘密を知ってしまいます。公爵に打ち明けるか否か、悩みに悩むベアトリス。けれども公爵は、沈んでいる彼女を見ても、その理由を尋ねようともしません。身分の差を乗り越えて分かり合えたかと思われたふたりの関係は、結婚を目前にしてどうなるのでしょうか……。

ところで最近、よく耳にする〝マンスプレイニング〟という造語があります。さまざまな解釈がありますが、一般的には、「男性が女性に上から目線で説明する行為」とされ、そのために女性は発言を封じられ、能力を発揮できなくなってしまうといいます。原因の一つに社会の構造が挙げられていますが、二百年前ならなおさらのこと。本シリーズでも、初めの頃の公爵は、そうした男性の典型のように見えました。でも実際は案外（？）思慮深く、口にはしなくても、当時の〝当たり前〟に疑問を抱いている様子がたびたびうかがえます。ベアトリスと出会い、新たな視点を得たことで、彼がどう変わっていくかにも、ぜひ注目していただきたいと思います。

次の五巻ですが、ふたりの結婚にはまだまだ邪魔が入り、本書の最後の一文通りにはいきません。いったいどんな事件が待ち受けていることやら。どうぞお楽しみに。邦訳版は二〇二四年十二月に刊行予定です。

最後になりましたが、今回も原書房の皆さまには大変お世話になりました。この場をお借りして、心よりお礼申し上げます。

二〇二四年六月

コージーブックス

行《い》き遅《おく》れ令嬢《れいじょう》の事件簿《じけんぼ》④
公爵《こうしゃく》さま、前代未聞《ぜんだいみもん》です

著者　リン・メッシーナ
訳者　箸本《はしもと》すみれ

2024年　7月20日　初版第1刷発行

発行人　成瀬雅人
発行所　株式会社　原書房
〒160-0022 東京都新宿区新宿 1-25-13
電話・代表　03-3354-0685
振替・00150-6-151594
http://www.harashobo.co.jp
ブックデザイン　atmosphere ltd.
印刷所　中央精版印刷株式会社

落丁・乱丁本はお取り替えいたします。
定価は、カバーに表示してあります。
 ISBN978-4-562-06141-9 Printed in Japan